文庫

文庫書下ろし／長編時代小説

妻恋河岸

剣客船頭(四)

稲葉　稔

KOBUNSHA

光　文　社

この作品は光文社文庫のために書下ろされました。

目次

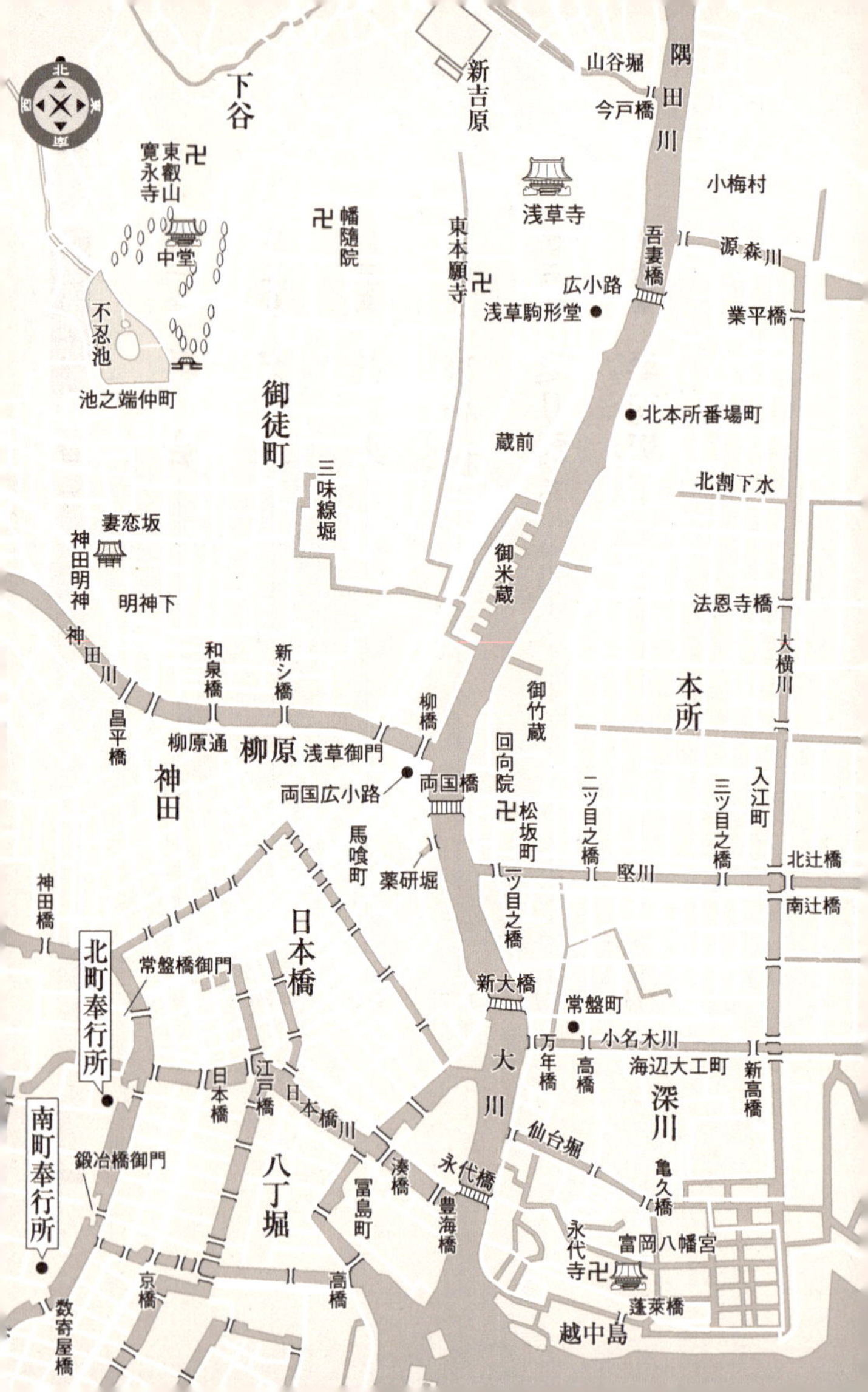
北
東
南
西
下谷
新吉原
山谷堀
隅田川
今戸橋
東叡山
寛永寺
中堂
不忍池
池之端仲町
幡随院
東本願寺
浅草寺
小梅村
吾妻橋
源森川
広小路
浅草駒形堂
業平橋
御徒町
北本所番場町
蔵前
三味線堀
北割下水
妻恋坂
神田明神
明神下
御米蔵
法恩寺橋
神田川
和泉橋
新シ橋
柳橋
御竹蔵
大横川
本所
昌平橋
柳原通
柳原
浅草御門
回向院
両国広小路
両国橋
神田
松坂町
二ツ目之橋
三ツ目之橋
入江町
馬喰町
薬研堀
一ツ目之橋
竪川
北辻橋
南辻橋
神田橋
日本橋
北町奉行所
常盤橋御門
新大橋
常盤町
小名木川
万年橋
高橋
海辺大工町
新高橋
大川
深川
日本橋
江戸橋
日本橋川
南町奉行所
仙台堀
鍛冶橋御門
湊橋
永代橋
亀久橋
八丁堀
冨島町
豊海橋
永代寺
富岡八幡宮
京橋
高橋
蓬莱橋
越中島
数寄屋橋

主な登場人物

沢村伝次郎 元南町奉行所同心。探索で起きた問題の責を負い、同心を辞め船頭に。

千草 伝次郎が足しげく通っている深川元町の一膳飯屋の女将。

津久間戒蔵 元肥前唐津藩士。江戸市中で辻斬りをして、世間を震撼させる。捕縛にあたった伝次郎たちに追い詰められながら逃げ続けている。

お道 赤坂の遊女屋の女郎。売上金を盗んで逃げていたところを津久間に救われる。

政五郎 伝次郎と懇意にしている船宿・川政の主。

酒井彦九郎 南町奉行所定町廻り同心。伝次郎のことを心配している元上役。

鈴森久右衛門 御徒十二番組の組頭。早崎助七郎という町方の次男で、伝次郎とは竹馬の友だった。

およう 鈴森久右衛門の妻。

行蔵 鈴森久右衛門の中間。

圭助 船宿・川政の若い船頭。

剣客船頭㈣

妻恋河岸

第一章　再会

一

三日つづきの雨で、せっかくの夏祭りは例年どおりににぎわうことはなかった。
入道雲の聳《そび》える空に、甲高《かんだか》い蟬《せみ》たちの声が広がっている。
沢村伝次郎《さわむらでんじろう》は首筋の汗をぬぐい、菅笠《すげがさ》を持ちあげて、額《ひたい》の汗を手の甲で払った。
神田川《かんだがわ》の畔《ほとり》につらなる柳が茹《う》だる暑さにしおれていた。
雁木《がんぎ》につないだ縄をほどき、舟を出そうとしたときだった。
「もし船頭、待ってくれ」
声に振り返ると、膝切りの着物を端折《はしょ》った中間《ちゅうげん》らしき男が立っていて、そばに日傘をさした女がいた。

「新川《しんかわ》までやってくれ」

「へい、新川のどちらでござんしょう」

伝次郎はすっかり板についた町人言葉で応じる。

「富島町《とみしまちょう》に行きたいんで、一ノ橋《いちのはし》でいい」

「それじゃ、どうぞ」

応じた伝次郎は舟が揺れないように、川岸に舟腹をぴたりとつけて、さらに舟が動かないように、川底に棹《さお》を突き立てた。

「ご新造《しんぞう》様、足許《あしもと》に気をつけてください。そこから、段々になっていますからね」

男は女の手を取って気づかった。

「大丈夫です」

か細い声で応じた女は、用心深い足取りで雁木をおり、裾《すそ》をからげて舟に乗り込んだ。垣間《かいま》見えたほっそりした足は、日の光にやけに白く見えた。

「はい、ここにお座りになってください」

「行蔵《こうぞう》、大丈夫ですよ」

女の声は若かった。

伝次郎は川底を棹で突いて、舟をすいっと川面《かわも》に滑らせた。猪牙舟《ちょきぶね》はみずすましのようにゆるやかな流れに乗る。きらめく神田川の水はぬるくなっており、燻《いぶ》されたような風が顔に吹きつけてきた。

行蔵という男と女は、黙り込んでいた。

伝次郎は無用に話しかけはしないから、黙って舟を操る。菅笠を被《かぶ》り、腹掛《はらが》けに股引《ももひき》、船頭半纏《せんどうばんてん》というなりだった。首に豆絞《まめしぼ》りの手ぬぐいをかけている。

伝次郎の剝《む》きだしの肌は日に焼けて赤銅《しゃくどう》色になっていた。腕も胸もりゅうと瘤《こぶ》が盛りあがっている。

和泉橋《いずみばし》のたもとを離れた舟は、新《あたら》シ橋《ばし》、浅草橋《あさくさ》とくぐり抜けていった。町屋《まちや》には蟬《せみ》の声がわいている。

「ゆっくりやってくれ」

舟が大川《おおかわ》に乗り出したところで行蔵が声をかけてきた。

「へえ」

伝次郎は舟を川の流れにまかせる。

すいとあげた棹先から滑るしずくが、きらりと日の光をはじく。大川《おおかわ》の畔には葦《よし》簀《ず》張《ば》りの掛店や屋台店がずらりと並んでいた。この時季にしか見られない光景である。

夜の花火客をめあてに出された臨時の店だった。桟敷《さじき》を設けた大がかりな店も見られる。

夏の花火は、五月二十八日から八月二十八日まで行われる。日が落ちると、夕涼みがてら花火見物に来る客が、大橋《おおはし》（両国橋《りょうごくばし》）の上や大川端《おおかわばた》の土手を埋め尽くす。川中には見物用の屋形船《やかたぶね》や屋根船があらわれ、猪牙舟も忙しくなる。そんな船の間を、酒や食い物や玩具花火を売って動きまわる小型の〝うろ舟〟も見られる。

しかしながら、花火は毎日行われるわけではない。花火屋に後援者がつかないと、打ち上げ花火は休みである。

「ご新造様、大丈夫でございますか？」

行蔵は女の顔色を窺《うかが》うように見る。伝次郎は女が日傘をさしているので、顔は見えなかった。ただ、襟足《えりあし》や首筋を見て、まだ若い女だとわかる。ご新造と呼ばれているから、武家の妻女だ。

「……行蔵、気にしないでください」

そういって、すうっと行蔵に顔を向けた女が日傘を倒した。それから伝次郎を気にするように見た。目があった。

その瞬間、伝次郎は目をみはった。

（およう……）

そうにちがいなかった。だが、ちがうのか……。

女は目があったにもかかわらず、伝次郎を覚えていないのか、それとも船頭に身をやつしているからわからなかったのか、すぐに視線を外した。

伝次郎はときどき棹を操り、舟の方向を修正したが、ほとんど流れにまかせているだけである。舳先《みよし》は音も立てずに水を切っている。

五年か六年ほど前、まだ伝次郎が南町奉行所《みなみまちぶぎょうしょ》の定町廻《じょうまちまわ》り同心になって間もなくのころだった。

霊岸島《れいがんじま》町の八百屋《やおや》清七《せいしち》が、火付けの疑いで捕まったことがある。しかし、清七は無罪を主張しつづけた。その裏付けをとるために動いたのが伝次郎だった。

結果、火付け犯は清七ではなく、従兄《いとこ》の竹造《たけぞう》だとわかった。行状《ぎょうじょう》の悪さを清七に注意されたのに腹を立て、清七の家の隣に火を付けたのだ。

その清七の娘がおようだった。まだ十四か十五だったはずだ。透《す》きとおるような皮膚の薄い娘で、目鼻立ちが整っていた。すんだ瞳は深遠《しんえん》な湖の色を思わせた。

そんなおようは必死に父親清七への疑いをといてくれと、伝次郎に頭をさげた。そして、伝次郎が清七無罪の証拠をつかみ、さらに真犯人を見つけたとき、おようはすんだ瞳から滂沱《ぼうだ》の涙をあふれさせ、幾度も頭をさげた。

（まさか、あのときのおよう……）

伝次郎は女の後ろ姿に目を凝《こ》らした。

五年あるいは六年の歳月が流れているが、おようの美貌《びぼう》はいまだに伝次郎の脳裏に残っていた。しかし、いま舟に乗せている女は、背中にも腰まわりにも肉がつきまるみを帯び、ひとりの成熟した女になっている。

それに武士の妻である。町屋の娘が武士に嫁ぐことはめずらしくはないが、ほんとうにおようだろうかと伝次郎は首をかしげたくなった。

新大橋をくぐると、舟を行徳河岸《ぎょうとくがし》に向けた。そのまま日本橋川《にほんばしがわ》を横切った先に新川に架かる一ノ橋がある。

八百屋清七の店もその近くだ。やはり、目の前の女はおようだろうと思う伝次郎は、そのことをたしかめたくてしかたなかった。

だからといって、自分を覚えられていては困るという気持ちもある。わけあって町奉行所を辞し、船頭になっている身である。いまさら昔のことをどうだこうだと話すつもりもない。

「旦那様は気の迷いを起こされているだけです。二、三日したら、きっと連れ戻してこいとおっしゃいますよ」

行蔵がなだめるようなことをいうと、女は弱々しくかぶりを振った。

「いいえ、そんなことは望んではいません。……去り状をわたすと申されたのですから」

女は空をあおいで、短くため息をついた。

(去り状……。離縁されたというのか)

伝次郎は女の背中を見た。

気づいたときには、霊岸橋をくぐり抜けていた。このあたりは町奉行所の与力《よりき》や同心が住まう八丁堀《はっちょうぼり》が近い。非番の与力や同心らに顔を合わせたくないので、伝次郎は菅笠を被った顔をうつむけた。

そうやって一ノ橋のたもとに舟をつけた。乗り込んだときと同じように、行蔵が、女の手を取って岸にあげた。だが、そのとき、女はつまずきそうになって体をよろけさせた。

岸に片足をかけていた伝次郎は、とっさに手をだして女を支えた。

「ありがとう存じます」

礼をいう女が正面から伝次郎を見た。

(まちがいない。おようだ)

伝次郎は確信したが、おようはまったく気づく様子がなかった。それは目が悪いからだとわかった。

(盲《めし》いているのか……)

愕然《がくぜん》となっておようを見たが、おようは行蔵の介添えを受けながら日ざかりの道を歩き去った。

二

黄金色《こがねいろ》に輝く夕日の帯が、小名木川《おなぎがわ》に走っていた。

ぷっと、西瓜《すいか》の種を吹き飛ばしながら、さっきから圭助《けいすけ》が近所で噂になっている痴話喧嘩《ちわげんか》の話をしていた。

「煮ても焼いても食えない喧嘩なんでしょうけど、おかみさんが包丁を振りあげて旦那を追いかけまわしたってんですから、そのことを思うと……」

ふふふと、圭助は笑いを漏《も》らす。

伝次郎が何かと世話になっている船宿《ふなやど》「川政《かわまさ》」の若い船頭だった。二人は伝次郎が舟をつけている芝翫《しかん》河岸の川縁《かわべり》の縁台《えんだい》に座っているのだった。

「まさか、亭主が切りつけられたっていうんじゃないだろうな」

伝次郎は西瓜にかぶりついて圭助を見る。西日がその顔を朱に染めていた。

「それが、大変なんです」

圭助は垂《た》れ眉《まゆ》をさらに垂らして、目を大きくする。

「旦那のほうはなんともなかったんですが、おかみさんが旦那の浮気相手の家に乗り込んでいって、話がこじれているそうで……」

「どういうことだ？」

伝次郎は口の端についた西瓜の汁を、手ぬぐいでぬぐった。

「浮気相手のおかみさんがいなかったんで、その旦那にぎゃあぎゃあと喚《わめ》き散らしたそうなんですよ。そのことで、今度はその旦那が怒りだして大変なことになっているそうで……。へたすると、刃傷《にんじょう》に及ぶんじゃないかとみんな心配しているんです」

包丁を振りあげて亭主を追いかけまわした女房は、お常《つね》といった。その亭主は卯《う》兵衛《へえ》という大工《だいく》だった。卯兵衛の浮気相手は、同じ大工の平三郎《へいざぶろう》という気の荒い男の女房でお松《まつ》といった。

「ほんとに浮気をしていたらことだな」

「そうなんです。お松さんは思いちがいだといってるらしいし、卯兵衛さんも手はだしていないといい張っているそうで……」

「頭に血を上らせているのはその亭主と女房というわけか……。だが、思いちがいされるほうにも落ち度はあったんだろう」

　さあて帰るかと、伝次郎は腰をあげかけたが、ふと思うことあって浮かしかけた尻を戻した。

「圭助」

「なんでしょう？」

「霊岸島町に清七という男のやっている八百屋があるんだが、そこの娘のことを聞いてきてくれないか」

「八百屋の娘ですか……なんでまたそんなことを……」

「気になっていることがあるんだ」

「あれ、まさか伝次郎さん……その娘を……」

　くくっと、圭助は人をからかうような笑い顔になった。

「馬鹿、そんなことじゃねえ。ちょいと面倒なことになっているようだから、知りたいだけだ。娘の名はおようというんだがな」

「へえ、調べりゃいいんですね」

「おまえは人の話を拾うのが得意だからな。だが、相手に知られないようにしてくれ。おれの思いちがいということもある。迷惑をかけるのはいやだからな」

「ようござんすよ。伝次郎さんのためだったら、なんでもおまかせあれー」

圭助はおどけて胸をたたいた。

「このこと人にしゃべるな。おれとおまえだけの秘密だ。いいな」

「へへ、秘密だなんて、なんだかぞくぞくっとしますね」

圭助が楽しそうな笑みを浮かべたとき、

「おい、喧嘩だ喧嘩！　喧嘩だぞ！」

という声が聞こえてきた。

二人は同時に立ちあがって声のほうを見た。

喧嘩騒ぎは高橋《たかばし》の北、深川常盤町《ときわちよう》の表通りで起きていた。伝次郎と圭助が駆けつけたときには、人垣が出来ており、その内側から怒鳴りあう声が聞こえていた。

「野郎、刃物なんか出しやがって……」

「てめえなんざには、地獄屋《じごくや》の女郎《じよろう》がお似合いだってんだ。人の女房をなんだと思ってやがる」

「なんべんいわせりゃいいんだ。そんなこたアやっちゃいねえっていってるだろうが……」

「いいや信用ならねえ」

にらみ合っている二人のことを、伝次郎の横にいる圭助が教えてくれた。鑿《のみ》をつかんでいるのが、お松の亭主の平三郎で、相手がお松と不義《ふぎ》をはたらいたという噂のある卯兵衛だった。

ひょいと、平三郎が鑿を突きだし、つづいて顔を切るように斜《なな》めに振った。

卯兵衛はうしろに飛んで逃げ、

「野郎、わからねえやつだな。こうなったらおれだって勘弁《かんべん》ならねえ」

というなり、平三郎に突進していった。

あっと、野次馬《やじうま》連中が声を漏らした。伝次郎も、これはまずいと思ったが、卯兵衛は平三郎を地面に押し倒して、鑿を奪い取ろうとする。平三郎は膝で卯兵衛の腹のあたりを蹴《け》りあげ、左手で卯兵衛の顔を殴《なぐ》った。

殴られた卯兵衛は顔をそむけて、鼻血を噴《ふ》きだしながらも鑿を奪い取ろうと必死だ。二人はもつれ合うように地面を転げまわり、平三郎が卯兵衛に馬乗りになった。

「やめろ、やめねえか」

見るに見かねた伝次郎が、野次馬をかきわけて、平三郎と卯兵衛を引き剝《は》がすようにして離した。

「往来でみっともない喧嘩なんかしやがって。おい、鏨をこっちに寄こせ」

伝次郎は平三郎をにらんだ。

「なんだ、てめえは！　横車《よこぐるま》入れるんだったらてめえもぶっ殺してやる」

平三郎はあぶくのようなつばを飛ばして、鏨をふりかざしてきた。

伝次郎は体を軽くひねり、平三郎の片腕をつかみ取ると、そのまま肩のうしろを押さえて、地面に投げつけた。

「痛《いて》ェ……」

平三郎は地面に腰を打ちつけて、顔をしかめた。その隙《すき》に伝次郎は鏨を奪い取った。

「どういう了見《りょうけん》で喧嘩なんかしているのか知らねえが、ここは天下の往来、それに太田《おおた》摂津守《せっつのかみ》様の屋敷前、へたな騒ぎを起こせばどんなお上《かみ》の処罰があるか考えてみやがれ」

「なにをっ……」

平三郎は血走った目で伝次郎をにらみ、口のあたりを手の甲でぬぐった。卯兵衛はものわかりがいいのか、噴きでている鼻血を手ぬぐいで押さえておとなしくしている。

深川常盤町の東には掛川《かけがわ》藩太田家下屋敷《しもやしき》がある。藩主は大坂城代《おおさかじょうだい》を務める太田摂津守で、のちに老中《ろうじゅう》に出世する人物だ。

「何があったか知らねえが、よく話しあうんだ。おれが立ち会うから番屋に行こう」

伝次郎が顎《あご》をしゃくって二人をうながしたとき、親方と呼ばれる自身番《じしんばん》の書役《かきやく》と店番が駆けつけてきた。

三

常盤町の自身番に入った卯兵衛と平三郎は、互いのいい分を譲らず、またもやつかみ合おうとした。

「やめねえか」

間に入ってわけるのは伝次郎だ。

「とにかくおまえさんらのいいたいことはわかった。卯兵衛は思いちがいをされているといい、平三郎はそうではない、自分の女房を寝取《ねと》られたという。そうだな」

書役が卯兵衛と平三郎を眺める。

「てめえの女房に手をつけられて黙っていられるかってんだ。親方だって、おれの身になりゃわかることじゃねえか」

平三郎はふて腐《くさ》れて湯呑みの水をがぶ飲みした。

「だが、卯兵衛はやってないといってる」

「ああ、おれは手なんかだしちゃいねえさ。そりゃあ妙な噂が立つようなことをしたのは悪いかもしれねえが……くそッ、鬢なんか振りまわしやがって……」

卯兵衛はようやく鼻血の止まった鼻を撫《な》でながら、平三郎をにらむ。

「ここはちゃんと、お松さんから話を聞いたほうがいいだろう。それがいやなら御番所に相談して、お白洲《しらす》の上で申し開きをすることになる」

「なに、お白洲だと……」

卯兵衛が慌《あわ》てた顔をすれば、平三郎もそこまで大袈裟《おおげさ》にしなくていいという。

「そうはいかないよ。このままいがみ合っている男が二人、同じ町内をうろついていたら、何が起こるかわからない。さあ卯兵衛、お松さんからちゃんとした話を聞いたがよいか、お白洲の上でおまえさんらの恥《はじ》をさらすか、選ぶのはふたつにひとつだ」

卯兵衛はお松を呼んでこいという。

平三郎はしぶっていたが、しかたなさそうに折れた。

喧嘩の仲裁《ちゅうさい》で町奉行所の手を借りることになると、世話になる町役《ちょうやく》や大家《おおや》に、それなりの礼をしなければならないし、自分の仕事を休むことになる。稼ぎはできない、金は出ていく、まわりには迷惑をかけるでいいことはない。

間もなく店番が平三郎の女房・お松を連れてきて、誤解を受けたということの顚《てん》末《まつ》を卯兵衛といっしょに釈明《しゃくめい》していった。

同席している伝次郎は話を聞きながら、お松と卯兵衛が口裏合わせをやっていないか、嘘をいっていないか目を光らせていた。小賢《こざか》しい悪党連中を相手にしてきた元町方《まちかた》であるから、その辺の見極めをつけることには長《た》けている。

お松も卯兵衛も嘘をいっている節《ふし》はなかった。二人の仲は勝手に町内で広まり、噂に尾ひれがついてしまったようだ。

「それでちゃんと喧嘩騒ぎはおさまったんですか？」

銚子《ちょうし》を持ってきた千草《ちぐさ》が、伝次郎に酌《しゃく》をしながらいう。

「平三郎もやっとわかってくれたようだ。刃物を持ち出してきて悪かったと、最後に謝れば、卯兵衛も思いちがいされるようなことをしたおれも悪かったと頭をさげて、手打ちだ」

「親切が思いがけない徒《あだ》になってしまうってこともありますからね」

千草は遠くを見る目になって、しみじみとつぶやく。白い頬が行灯《あんどん》に染められていた。

伝次郎は千草のやっている「めし　ちぐさ」という小料理屋にいるのだった。客はめずらしく伝次郎ひとりで、手伝いのお幸《さち》という女もいなかった。

「千草にもそんなことが……」

伝次郎が盃《さかずき》を口に持っていくと、さっと千草の顔が向けられた。

「まさか、わたしにはありませんよ」

三十路《みそじ》前の年増《としま》だが、目鼻立ちが整っており、黒い瞳がすんでいる。

「でも、世間にはよくあることでしょう。せっかく相手を思ってやったことが、まったく逆のことになってしまったって……そんな話はよく聞きますから」

「……そうだな。おまえさんもやるか」

銚子を掲げると、それじゃいただくといって、千草は自分の盃を差しだした。

「こうして二人だけで差しつ差されつしていると、わたしたちにも噂が立つかしら」

「まさか……」

伝次郎は苦笑いをして否定する。

「あら、それじゃ迷惑？」

千草がまっすぐ見てくる。

「迷惑って……そんな噂が立ったら、困るのはおまえさんのほうだろう」

伝次郎は目を伏せて酒に口をつけた。

「すると、伝次郎さんは困らないわけ」

「おいおい、おれにからんでどうする。そういうことじゃないさ」

ジジッと行灯の芯が鳴った。

蚊遣《かや》りの煙が、吹き込んできた風にまき散らされる。

「そうね。わたしたちに噂なんか立ちっこないわね」

それは半《なか》ば噂が立ってほしいように、伝次郎には聞こえた。

「それにしても卯兵衛さんも、おかみさんがいないときにお松さんを家に呼んだりして……だれしも変に思いますわね」

「しかも、雨の日にかぎってのことだから、戸は閉められる。卯兵衛は繕《つくろ》い物を頼んだだけなのに……。お松は、卯兵衛の女房が実家に帰っていて不自由していると思ってのことだったらしいが、その親切もまんざら嫌いな相手ではなかったからだろう……」

「でも、とにかくまるく収《おさ》まったんですから。伝次郎さん、もう一本つけます」

「今夜はこれぐらいにしておこう。明日もあるしな」

伝次郎は盃を伏せた。

夏の夜気《やき》は生ぬるかった。踏みしめる地面にもぬくもりが残っている。

寒い冬もいやだが、今夜も寝苦しい夜になるのだろうと、伝次郎は思いつつ、脳《のう》裏《り》に今日の昼間会ったおようの顔を思い浮かべた。

(いったい、何があったというのだ)

見あげた空に、一条《ひとすじ》の星の流れが見えた。

四

鈴森久右衛門《すずもりきゅうえもん》は、縁側に座ったまままさっきからまんじりともしていなかった。

腹のなかにはぐつぐつとした怒りがあり、胸の内にはなんともやり切れない苦しさがあった。

「くそっ……」

久右衛門は手にしていた扇子《せんす》を閉じると、ぼきっと折って庭に放り投げた。

「なんとしてくれよう」

怒りはつぶやきとなって漏れる。このまま、新見新五郎《にいみしんごろう》の屋敷に乗り込んで、たたき斬ってやろうかとさえ思う。

できることならそうしたい。だが、上役や下役二十八人の徒衆《かちしゅう》のことを考えれば、安易な行動はできない。ここはなんとしてでも疑いを晴らすのが第一だが、新見新五郎の口に戸は立てられない。

しかしながらこのまま放っておけば、己の身が失墜《しっつい》するばかりでなく、家名断絶《かめいだんぜつ》となるやもしれない。

苦慮《くりょ》するのはそのことと、周囲の人間関係である。それでも、久右衛門の心の内にはある覚悟があった。

（いざとなれば、新見新五郎を討《う》つ）

である。

「うむうむ……うむ……」

久右衛門は呻吟《しんぎん》する。

だれかよき相談相手はいないかと思う。上役の徒頭《かちがしら》ではまずい。かといって組《くみ》衆《しゅう》に打ち明けるわけにもいかない。組衆のなかには理解してくれるものが少なからずいるが、権限がないので自分の力になれはしない。親戚縁者を頼るわけにもいかない。

（兄上……）

ふっと、久右衛門は顔をあげた。同時に膝に吸いついている蚊をたたきつぶした。

（だめだ）

兄・太兵衛《たへえ》は忙しい身である。しかも、自分は兄・太兵衛を敬遠するように距離を置いている。正月に一度顔を合わせたが、時候《じこう》の挨拶《あいさつ》を述べただけで、兄弟らしき話はなにもしなかった。

（妻を帰すべきではなかったか……）

いまになって、およように離縁をいいわたしたことを後悔した。だが、いまならまだ間に合う。連れ戻すのは容易なことだ。

かといって、今日の明日ではあまりにもみっともない。

（なに、半月後……いや一月後でも遅くはない）

あれは単に気の迷いであった。短気《たんき》を起こしたおれが悪かったと謝れば、すむことである。そうはいってもおようように相談できるようなことではない。

「旦那様、顔を出されなくてよいのでございますか……」

居間から中間《ちゅうげん》の行蔵が声をかけてきた。

久右衛門は行蔵を振り返った。猿《ましら》のような赤ら顔の男だ。

「もう遅うございます。お開きになる前に、顔だけでもお出しになったらいかがです」

「うむ」

久右衛門はぶ厚い唇を引き結んだ。

その日、江戸湾の浜で徒組の水練《すいれん》があった。本丸《ほんまる》詰めの非番組《ひばんぐみ》五組による水術訓練で、訓練最後には棒取りの競争があった。今晩はその反省と今後の健闘を期しての小宴が催されていた。

徒組は毎年夏になると、非番の者たちが水術訓練に励み、その成果を将軍に披露するという慣例がある。

今年も例に漏れずで、非番になった者たちは暇を見つけては泳ぎの鍛練《たんれん》をしていた。

泳法はいくつかあるが、おもに横泳《よこおよ》ぎや抜き手といわれる煽足《あおりあし》、立ち泳ぎに相当する踏《ふみ》足、現代の平泳ぎに似た蛙《かえる》足が基本であった。

「……そうだな、顔ぐらい出しておかねばなるまい。行蔵、出かける」

久右衛門が腰をあげると、行蔵が大小を持ってきてわたした。

「おまえはよい。わたしひとりで行って来る」

「おひとりで大丈夫でございますか？　供を連れて行くほどのことではない」

「何をいう。店はすぐそこだ。供を連れて行くほどのことではない」

久右衛門はそのまま屋敷を出た。

行蔵にわたされた提灯《ちょうちん》を持ったが、寝苦しい夏の夜でもあるし、羽織《はおり》は着用しなかった。

宴会は組屋敷に近い、下谷《したや》長者町《ちょうじゃまち》の料理屋で行われていた。

玄関にはいると、徒衆の草履《ぞうり》や雪駄《せった》が足の踏み場もないほど並んでいた。

「ご宴会は奥の広間でございます」

式台《しきだい》にあがった久右衛門に番頭がいった。

そのとき、奥の廊下から三人の男がやってきた。

「おやおやこれは鈴森ではないか、いまごろ来おって、どこで油を売っていた」

新見新五郎だった。酒を飲んでも顔色の変わらない男だ。うしろに二人の配下を連れている。

「野暮《やぼ》用がございまして、遅れました」

「なに、野暮用だと。けしからぬ。鍛練後の慰労は大事なことだ。組内のものたちの士気《しき》を高める宴会でもあるのだ」

「…………」

「それを野暮用で遅くなるとは、まったくきさまというやつは、だからどこか抜けておるのだ。よくもそれで組頭が務まるものだ」

新見の顔色は変わっていないが、酔った目は赤かった。その狐目《きつねめ》に人をいたぶるような嘲《あざけ》りがあった。

「……申しわけありません」

「ま、よい。みんなをねぎらってこい」

頭をさげた久右衛門の横を、新見は酒臭い息をまき散らして過ぎていった。

(おのれ……)

久右衛門は背を向けたまま大刀を持つ手に力を込めた。そのまま振り返りざまに一太刀浴びせたくなったが、かろうじて堪《こら》え、廊下の奥に足を進めた。

五

日が昇りはじめると、蝉の声が一際《ひときわ》高くなった。

神明社《しんめいしゃ》の境内《けいだい》に木漏れ日の条《すじ》がのび、木々の葉についた夜露がきらりと光る。

精神を集中し、上半身剝きだしの肌に玉の汗を光らせた伝次郎は、すうっと息を吐くと、右足を踏み込むなり、見えない仮想の敵に向かって木刀を水平に振り抜いた。

そのまま残心《ざんしん》を取り、ひとつ、ふたつと数えたのちに、左足を引きよせて木刀を腰におさめた。

地面にいた数羽の雀《すずめ》が、ちゅんと鳴いて、どこへともなく飛び去った。

伝次郎は手ぬぐいで汗を拭き、腹掛けをつけて境内をあとにした。昇りはじめた日は急速に高度を上げてゆき、町屋をあかるい日の光でつつんでゆく。

（今日も暑くなりそうだ）

自宅長屋に向かいながら、伝次郎はまぶしい日射しに目を細める。

顔なじみの町屋のおかみや、亭主らが声をかけてくる。伝次郎も気さくに応じ、ときに冗談を飛ばしたりする。

蜆《しじみ》売りが長屋の木戸口《きどぐち》から出てきて、その先の路地に入っていく納豆《なっとう》売りがいた。

長屋のほとんどの家の戸は開け放してあり、赤子の声や口うるさい女房たちの声が聞こえてくる。夏場はどぶの臭《にお》いがきつくなるが、それも日がたつにつれ慣れてくる。

長屋の路地には朝餉《あさげ》の支度《したく》をする煙がたなびいていた。

伝次郎は九尺二間《くしゃくにけん》の家に入ると、水をすくった柄杓《ひしゃく》に口をつけ喉《のど》を鳴らす。そのあとは何かと忙しい。

飲料と煮炊《にた》きに使う水を汲《く》み、髭《ひげ》をあたり、総髪《そうはつ》にしている髪に櫛《くし》を入れる。それが終わってから、軽く茶漬けをすすったり、昨日の残り飯にみそ汁をぶっかけて食べたりする。朝餉はいたって質素だ。

舟を置いている芝翫河岸にゆき、一服《いっぷく》つける。川風がむきだしの肌をなめてゆき、煙草《たばこ》の煙を散らす。日の光にきらめく小名木川は小さなさざ波を打っていた。

川政の連中もすでに舟の支度をはじめている。煙草を喫《の》み終えた伝次郎は、自分の猪牙舟に乗り込んで、舟底にたまっている淦《あか》をすくう。これは日課といっていい。ころ合いを見ては、舟を洗い、きれいにする。

「舟は大事な商売道具だ。粗末《そまつ》にしちゃならねえ」

船頭のいろはを教えてくれた嘉兵衛《かへえ》の口癖だった。伝次郎はその教えを忠実に守っている。それは棹も櫂《かい》も同じだった。棹先や櫂がぬめっていてはいけない。

船頭にとって舟は神聖なものでなければならなかった。

川政の一番舟が出ていった。その日最初の舟を、そう呼んでいる。船頭は年季の入った与市《よいち》だった。

「よう伝次郎。今日もくそ暑くなりそうだな。あのお天道《てんと》様をなんとかしてくれねえか」

黙っていると不機嫌そうな顔をしているが、そのじつ洒落《しゃれ》や冗談が好きな親爺《おやじ》だった。

「できるものならやってやりてえですが、あいにく手が届かないもんで」

伝次郎も冗談を返す。

「おめえのその図体《ずうたい》だったら届くと思ったんだがな。ま、行ってくらァ」

与市は棹を軽く操って、大川のほうへ去っていった。

伝次郎も菅笠を被って舟を出すことにした。顎紐《ひも》をしっかり結び、棹を持つ。艪床《ろどこ》に片足を置き、棹で岸を突いて舳先をゆっくりまわす。

朝の小名木川は静かだが、河岸道には人の往来が多い。出勤する侍に、普請場《ふしんば》へ急ぐ大工などの職人、棒手振《ぼてふり》などの行商人もいれば、河岸場人足たちもいる。

商家は暖簾《のれん》をあげ、店の前に水打ちをする。朝顔《あさがお》が大きく花を開き、町娘が立ち止まって眺める。

伝次郎は万年橋《まんねんばし》をくぐり抜けると、大川を上ることにした。行き先は神田川、あるいは浅草に近い大川沿いの船着場だ。

客はどこで拾えるかわからない。河岸道から突然、声をかけてくるものもいれば、船着場で待っているものもいる。

かといって、あたりかまわず商売をしていいというものではない。それは船宿同士の暗黙の掟《おきて》があり、船頭らの営業範囲は大まかに決められている。

船宿に属していない伝次郎もそれは同じである。決めごとを守らない船頭は、船頭仲間から白い目で見られるし、手厳しく文句をいわれる。

「この野郎、なんべんいやあァわかるんだ。他人の縄張りをそんなに荒らしやがると、ただじゃおかねえぜ！」

威勢のいい船頭は容赦《ようしゃ》がない。

客には平身低頭《へいしんていとう》で接するが、本来は気性《きしょう》の荒い男たちだ。腹に据《す》えかねることがあれば、腕っ節《ぷし》にものをいわせることは少なくない。

その朝、昌平橋《しょうへいばし》から山谷堀《さんやほり》に客を送ると、その帰りに拾った客を深川の富岡八幡《とみおかはちまん》まで届けた。帰りに舟を流していると、女の客に声をかけられ、小網町《こあみちょう》まで乗せることになった。

伝次郎は菅笠の陰になっている日を、ときどき河岸道に走らせる。そのほとんどは浪人ふうの男たちに向けられる。

津久間戒蔵《つくまかいぞう》という凶悪犯を探すためである。津久間は肥前唐津《ひぜんからつ》藩の番士《ばんし》であった。辻斬《つじぎ》りを繰り返し、町奉行所の追及を受け、伝次郎らの捕縛《ほばく》の隙をついて逃げ、その後、伝次郎の妻子と使用人を惨殺して逃走中である。

町奉行所も津久間を追っているが、唐津藩の目付《めつけ》も津久間を探している。しかし、事件から日がたっていて、追捕《ついぶ》の手はゆるめられている。どこにいるかわからない男を探すのは至難《しなん》の業《わざ》であるし、時間がたつにつれ探索の熱が冷めるのは否めない。伝次郎が町奉行所を去り船頭になったのも、その津久間のせいといっていい。まして、愛する妻子を殺《あや》めた凶悪犯である。

（あきらめるものか）

伝次郎の胸の内には強い執念がある。

小網町河岸で女の客をおろした伝次郎は、そのまま日本橋川を下った。荷舟が河岸場につけられ、荷下ろしや荷積みをやっていた。

日本橋川の両側には白漆喰《しっくい》の蔵が建ち並んでいる。商家の保管倉庫である。猪牙舟や漁船、材木船なども あるが、沖合に停泊している大船から荷を積んだ艀《はしけ》が目立った。

湊橋《みなとばし》に差しかかったとき、伝次郎は橋の上に立つ人影に気づいた。

（あれは……）

橋の上にいるのは女だった。しかも日傘を差している。もしや、と胸中でつぶやき、菅笠を軽く持ちあげて目を凝らした。

やはり、およようだった。

どこか思いつめたような顔で、遠くを眺めていた。伝次郎がそばに行っても、その視線はあらぬ方に向けられたままだった。川面《かわも》の照り返しを受けたおようの顔は、幼いときとちがい、大人の美しさがあった。

声をかけたい衝動に駆られたが、伝次郎はぐっと我慢してそのまま橋をくぐり抜けた。振り返ってみたが、やはりおようは一方を見ているようだった。

その華奢《きゃしゃ》な後ろ姿が、伝次郎の目にはなんとも痛ましく見えた。

(いったい何があったというのだ)

心中でつぶやきを漏らして、河口に架かる豊海橋《とよみばし》のそばに行ったとき、

「おい、船頭。待ってくれ。こっちだ、こっちだ」

という声がかかった。

伝次郎は呼ばれるまま、岸壁に舟を寄せた。

「回向院《えこういん》に行きてえんだ。やってくれるか」

そういって乗り込んできたのは、麻の着物に紗《しゃ》の羽織を着た男だった。

「お気をつけて」

伝次郎が舟が揺れないように舟縁《ふなべり》を押さえると、

「やっ！」

と、男が驚きの声を漏らした。

「あ」

伝次郎も男の顔を見て目をみはった。

六

舟に乗り込んできたのは、音松《おとまつ》という男だった。

「まさか、旦那があんなところであんな舟に……いえ、話には聞いていましたが……。その節《せつ》はさぞおつらい思いをなさったでしょう」

久しぶりの再会に音松は、いまにも泣きそうな顔をした。

「悔やんでも悔やみきれねえが……それより、いまは何をやっている？」

伝次郎は冷や水を飲んで訊《たず》ねた。

二人は永代橋《えいたいばし》の東詰《ひがしづめ》に近い茶店で涼んでいた。

「へえ、旦那があんなことになって御番所を去られて、しばらくしてのことです。あっしもそろそろ身を立てようかと思いましてね。それで、女房と無理をして商売をはじめたんです」

「ほう」

「この先の佐賀町《さがちょう》で小さな油屋《あぶらや》をやっているんです。儲《もう》けは多くありませんが、暮らしに困ることはないので、まあ細々とやっております」

「油屋か、それはよかったな」

「へえ、油屋といっても扱っているのは髪油だけです」

梳《すき》油や伽羅《きゃら》油、鬢付《びんつけ》油などを髪油といった。

音松はひとしきり、自分の商売のことを話した。元は掏摸《すり》だった男で、伝次郎の目こぼしを受けて更生し、町奉行所同心の小者《こもの》となっていた。

当初は伝次郎が使っていたが、仲間の同心に請《こ》われて預けていた。そのおかげで音松は、津久間の凶刃《きょうじん》から逃れたともいえる。

「女房ともときどき旦那のことを話すんです。いったいどこで何をされているのだろうかと……。それが、ばったり……。まさか船頭をされているとは……」

音松は目に涙をためて、悔しそうに唇を噛んだ。

「おいおい、おめえの情けを受けるとは思っちゃいなかったが、おれはこれでも楽しくやっているのだ。おまえが嘆くことはない」

「でも、悔しいではありませんか。旦那はなにも悪くなかったのに……。御番所を去らなきゃならなかった」

「……もうすんだことだ。それにしてもうまくいっているようでなによりじゃねえか」

「へえ、お陰様で……。これも旦那に拾ってもらったからです」

「回向院は墓参りか？」

「ええ、おふくろの祥月命日《しようつきめいにち》が明日なんで、今日のうちに行ってこようと思いましてね。それで浜町《はまちよう》の客の家に油を届けたついでに、行こうと思っていたんです」

「それじゃ送っていこう」

「いえ、滅相《めつそう》もありません。旦那に舟を漕《こ》いでもらうなんて、あっしにはできねえことです」

「おい音松、おれはもう御番所の人間じゃない。おまえと同じ町人だ。それも船頭で飯を食っている。客に逃げられちゃ、おまんまの食いあげだ」

伝次郎は口の端《は》にやわらかな笑みを浮かべた。

昔の音松は、油断も隙もない姑息《こそく》な目をしていたが、いまはやわらかくなってい
る。ぎすぎすしていた顔にも肉がつき、商人らしい風貌《ふうぼう》だ。

「それじゃ遠慮なく乗せていただきやす」

音松を舟に乗せた伝次郎は、櫂をこいで大川を上っていった。

「まさか、旦那に舟を漕いでもらうなんて夢にも思っていませんでした」

「人の一生なんてわからねえもんさ」

「そうでしょうが……。それにしても旦那、すっかり板についてるじゃありません
か」

「師匠のおかげだ」

「師匠？」

「おれに船頭仕事を教えてくれた人だ」

へえ、そうなんですか、ときょとんとする音松をよそに、伝次郎は師である嘉兵
衛の面影を瞼《まぶた》の裏に浮かべた。

(嘉兵衛さんの墓参りに、おれも行かなきゃな)

「旦那、たまにはあっしの店に遊びに来てください。あ、そうだ。久しぶりに会ったんですから、どうです一杯やりませんか。昔は旦那にさんざん面倒を見てもらいましたから、あっしにもてなさせてください」

音松はよほど嬉《うれ》しいのか、さっきからしゃべりっぱなしだった。

「いつが暇です？ そうだ、今夜はどうです？ あっしはいくらでも都合つきますよ。旦那さえよけりゃ今夜いかがです」

「まあ、仕事が終わればこれといってすることはないが……」

「だったら今夜やりましょう。そうだ、店のほうはあっしにまかせてください。で、何刻《なんどき》ごろ仕事はしまいになります？」

「誘ってくれるのは嬉しいが、おまえだって仕事が忙しいんじゃないのか」

「なーに、あっしはほとんどやることないんです。普段は女房にまかせきりですから、いつだって付き合いますよ」

「では、やるか」

伝次郎が櫂を操りながらいうと、音松は目を輝かせて、

「へえ、やりましょう」

と、さも嬉しそうに顔をほころばせた。

七

夏の夕暮れは遅い。

日は傾いてはいるが、なかなか暮れようとはしない。それでも町屋は茜《あかね》色に染まり、雲の縁は紫がかった色をしていた。

暮れ六つ（午後六時）の鐘《かね》を聞いた伝次郎は、そのまま芝翫河岸をあがり、自宅長屋で着替えをすると、音松の店に向かった。

蟬の声はかしましいが、職場から引きあげる職人らの影が長くのびていた。音松を舟からおろしたあとで、思ったことがあった。

まず、自分のことをいい触らさないでもらいたいことだった。津久間を討つまでは自分のことをあまり人に知られたくない。

それから、頼まれてもらいたいことがあった。圭助に頼んだことが、やはり心許なかった。音松だったら、粗相なくやってくれるはずだ。

もちろん、音松が引き受けてくれるかどうかわからないが、相談しようと考えていた。

「旦那……」

深川佐賀町にある音松の店を訪ねるなり、店先に座っていた女房のお万《まん》が、目をまるくして尻を浮かした。

「亭主から昼間話は聞いておりましたが、よくおいでになりました。ささ、いまお茶を淹《い》れます。それとも冷や水のほうがよいですか？」

「それはいらねえよ」

土間奥から音松が姿を見せて、お万にいった。

「でも、せっかくじゃない。お茶ぐらい、いいじゃないのさ」

お万は太った体を揺すっていう。

「お万、気にすることはない。どうせ、これから酒を飲むんだ。茶で腹がふくれたらせっかくの酒がまずくなる」

伝次郎はやんわり断った。

「そういうこった。旦那はよくわかっていらっしゃる。じゃあ旦那、まいりましょう」

「お万、おれのことはこれにしておいてもらえるか」

伝次郎は唇の前に指を立てた。

「ちょいとわけあって、あまりいまの自分を知られたくないんだ」

「へえ、それはまあわかりますよ」

おそらくお万はちがう意味に受け取ったはずだ。だが、伝次郎はそれ以上は何もいわなかった。

「見てのとおりのちっぽけな店です」

表に出ると、音松が照れたようにいう。

「いや、なかなか立派な店だ」

「旦那に褒《ほ》められると、あっしはもう言葉がありません」

音松は頭のうしろを引っかいて、目尻《めじり》をさげた。

店の名は、そのまま「音松」になっていた。腰高障子《こしだかしょうじ》と暖簾にその名が染め抜かれ、「髪油」と添えられていた。

さっきまであかるかった表には夕闇が迫っており、空には日の名残《なごり》が感じられるだけだった。

伝次郎は棒縞《ぼうじま》の木綿《もめん》を着流しただけだ。音松は昼間と同じ身なりだから、並んで歩いていると音松のほうが主人のように見えた。

主従が逆転したような感じで、伝次郎はそのことをなんとなくこそばゆく思った。

(この男も立派になった)

昔は顎で使っていた男だが、よくぞここまでやったものだと感心する。

音松が案内したのは、深川万年町《まんねんちょう》にある小体《こてい》な料理屋だった。開け放した障子の向こうに小さな庭があり、燈籠《とうろう》に火がともされていた。その火あかりを受ける百日紅《さるすべり》の赤い花が鮮やかに浮かびあがっていた。

「無理をしてるんじゃないだろうな」

伝次郎は小部屋におさまってからいった。人の目と耳を気にしないでいい、小さな客間である。壁の一輪挿《いちりんざ》しに、木槿《むくげ》が一本投げ入れられていた。

「何をおっしゃいますか。ここは遠慮なく。いつも手許不如意《てもとふにょい》の昔のあっしじゃありませんから」

音松は早速運ばれてきた酒を酌してくれる。

「では」

伝次郎が盃を掲げると、音松も嬉しそうに盃をあげた。

「酔わないうちにいっておきたいことがある」

「なんでしょう」

「おれのことはあまり人にいわないでほしい。船頭に身をやつしているからではない。おまえも知っているとは思うが、おれは今でも昔の仇《かたき》を討とうと思っている」

「津久間戒蔵って野郎のことですね」

「あきらめるわけにはいかねえ。やつは御番所からも唐津藩からも追われている身だ。逃げて生きるのは並大抵《なみたいてい》の苦労ではないだろうが、やつは江戸在府《ざいふ》が長かった。国許に身を置くところがなければ、必ず江戸にあらわれるはずだ。おれはそれを待っている」

「へえ」

音松は真剣な表情になっている。

「そんなわけで、おれのことは御番所の人間にも伏せている。もっとも知っているものも何人かいるが、その人たちもおれの意を汲《く》んでいる」

「心得ました。あっしはだれにもいいません」

「その旨、お万にも口止めを頼む」

「はい」

「それからひとつ頼まれてもらいたいことがあるが、やってくれないか。いや、無理にとはいわねえ。いまのおれはおまえに指図できるような人間ではないからな」

「遠慮なくいってください。旦那の頼みならなんでも聞きます」

伝次郎は酒を一気にあおった。

「霊岸島町に清七という男のやっている八百屋がある。そこに娘がいたんだが、どうやら去り状をもらって、実家に追い返されたようなんだ。八百屋清七は、昔おれがちょっとしたことで面倒を見たことがあり、娘のことはそのときから知っているのだが……」

伝次郎はそういって、偶然およう を舟に乗せたときの話をした。

「まあ、放っておきゃいいんだろうが、どうにも気になるんだ」

「それじゃ、おようは御武家に嫁入ったってことですか？」

「そうであろう。おれの知っているおようは、粗相をするような娘ではなかった。しかも、美しさに磨きがかかった大人の女になっている。だが、去り状をもらうには、よほどのわけがあるにちげぇねえ。あんまりにも暗くうち沈んだ顔を見た手前、じっとしておれなくなってな」

「やっぱり旦那は、昔と変わらない。人にすぐ情けをかけたがる。……怒らないでくださいよ。そういうあっしも旦那の情けで、まっとうな道を歩けるようになったんですから」

「余計なお節介かもしれないが、何かありそうな気がしてな……」

「わかりやした。ちょいと探りを入れてみましょう」

音松はぱちんと膝をたたいて引き受けてくれた。

それから料理が運ばれてきて、二人は昔話に花を咲かせた。

第二章　夕立

一

渋谷宮益町《しぶやみやますちょう》を貫く宮益坂を下りると、渋谷川《しぶやがわ》に架かる宮益橋がある。矢倉沢往還《やぐらさわおうかん》（大山道《おおやまみち》）と呼ばれている道は西へのび、今度は上り坂となる。道玄坂《どうげんざか》である。坂の途中には両側町《りょうがわちょう》の町屋が形成されているが、それも短く、町屋を過ぎれば殺風景な畑地となり、雑木林や小高い丘がひろがる。

狭い往還を進み坂上に出ると、物見松《ものみのまつ》と呼ばれる大木《たいぼく》がある。なんでも、昔、道玄という山賊が物見に使ったからだといわれるが、定かではない。

その物見松から南東に一町ほど行った先に、一軒のあばら屋があった。

軒《のき》は傾き、戸板は破れ、朽ちた茅葺《かやぶ》きの屋根には草が生えていた。見るからに粗末な、いまにも崩れ落ちそうな家であった。

そこが、津久間戒蔵の棲家《すみか》になっていた。追捕の手から逃れるための隠れ家でもある。しかし、いまの津久間に逃げるような元気はなかった。

痩《や》せた体には肋《あばら》が浮き、元気だったころに比べると、手足がひとまわりも細くなっていた。頬がこけ、青白い肌をしており、熱を帯びたような目だけが異様に赤くぎらついていた。

津久間はひとりではなかった。

お道《みち》という女がそばにいて、津久間の介抱《かいほう》にあたっていた。

このあばら屋を買い取ったのは、お道の金があったからだ。

それは半月ほど前の、雨の晩だった。

津久間は市中を彷徨《さまよ》っていたが、懐《ふところ》の金も残りわずかになり、また体が弱っていた。

(おれはいずれ死ぬ。それも遠い先のことではない)

と覚悟していた。

それでも、自暴自棄になって自らの命を絶とうとは思っていなかったし、いまでもその気持ちは変わらない。

心の底にはもう少し生きていなければならないという意思があった。そのために、少し体をいたわる必要があり、できれば自分の体を蝕《むしば》んでいる病魔を取り払いたかった。

青山から渋谷宮益町に入った津久間は、弱り切っている体をこれ以上雨にさらしてはならないと思い、宮益坂途中にある御嶽《みたけ》神社の境内に入り、床下にもぐり込んで雨をしのぐことにした。

弱っている体ではあるが腹が減っていた。食は進まないが食欲はあった。そのためにどうにか生きているのだろうと、自分で思っていた。

雨はやむことを知らず、降りつづけていた。境内は暗く、濃い闇におおわれていて、雨音しか耳に入らなかった。

明日の朝までここで休もうと、床下の柱に身を預けてしばらくしたとき、人の駆けてくる足音がした。

ぴちゃぴちゃという音から、裸足《はだし》だと知れた。津久間が半身を起こして、暗闇に目を凝らすと、白くほっそりした足が見えた。

女だった。はあはあと、荒い呼吸で慌てていた。首を左右に振り、行き場を探している ようだった。ほどなくして、今度は別の足音が聞こえてきた。

これは草鞋《わらじば》履きだとわかった。それもひとりではない。

夜目《よめ》が利《き》くようになっていた津久間は、慌てる女を目で追い、近づく足音に注意をした。やがて三人の男たちが黒い闇のなかに浮かんだ。顔は見えない。

それでも刀や匕首《あいくち》を手にしているのがわかった。女はヒッと小さな悲鳴をあげて一方に駆けた。しかし、暗闇が邪魔をして女は逃げ遅れ、男たちに取り押さえられた。

「くそッ、手を焼かせやがって……」

「お助けを、お助けを……」

女は涙まじりの声で懇願《こんがん》したが、その顔を激しくたたかれて、横に倒れた。

「足抜《あしぬき》すりゃどういうことになるのか、思い知らせてやる」

男は女の腹を蹴った。

女は海老《えび》のように背中をまるめてうずくまり、苦しそうなうめきを漏らした。

「兄貴、連れて帰るのは面倒だ」

ひとりがいった。

「どうするってんだ。殺《や》っちまって、逃げられたといやいいだろう。こんな女を連れ帰ったって、儲けは高《たか》が知れているんだ」

「いや！　助けて、お慈悲《じひ》だから助けて！」

女は泣き叫んだが、雨音がその声を吸い取った。

(うるせえな)

床下から様子を見ていた津久間はのそりと立ちあがると、雨のなかに歩み出た。

「おめえら、金を置いて去《い》ね」

くぐもった声に、男たちがびくっと振り返った。

「なんだおめえは」

刀を手にしている男が体を向けた。

「何があったのか知らねえが、うるせえんだ。金をよこせ」

相手はガハハハと笑い、

「てめえ、頭はたしかか。おれたちに金をよこせだとよ」

そういって、仲間と顔を見合わせた。

「くれなきゃもらうまでだ」

津久間はびちゃっ、びちゃっと水溜まりに足を突っ込んで、男たちに近づいた。

相手の態度に緊張が走った瞬間、津久間は抜き打ちざまの一刀で、ひとりを斬り倒していた。

「あぐぇ……」

ばさりと大地に倒れたのは、馬鹿にしたように笑った男だった。

他の二人は一瞬の出来事に、虚《きょ》をつかれていた。

「てめえ……」

ひとりが匕首《あいくち》を振りあげた。その腕を津久間は無造作《むぞうさ》に斬り飛ばし、脾腹《ひばら》に深々と刀の切っ先を埋め込むなり、すばやく引き抜いた。

残ったひとりがへっぴり腰で刀をかまえた。津久間は恐れもせずに、間合いを詰めるとそのまま大上段から相手の頭をたたき斬った。

三人の死体がまわりにあった。そばに女がいるのも気にせず、津久間は男たちの懐をあさり、財布を巻きあげた。

「ありがとうございます。助かりました」

女がふるえ声でいった。

津久間はその女に顔を向けると、

「逃げているんだな。だったらおれについてこい」

といった。

それがお道との出会いであり、縁だった。

お道は赤坂《あかさか》の遊女《ゆうじょ》屋の女郎で、売り上げの金を盗んで逃げているのだった。

お道と出会ったときのことを思い返している津久間のそばに、白湯《さゆ》と薬が置かれた。

「旦那さん、薬です」

「今日も暑くなるな」

津久間は表に目を向けなおしてつぶやいた。周囲は雑木林で、庭には雑草がはびこっていた。流れてくる風は体にねっとりと張りついている。

「ここは高台《たかだい》ですから、風がある分過ごしやすいです」

「そうかもしれないが……」

津久間は薬に手をのばして、白湯の入った湯呑みをつかんだ。

「こんな薬でほんとに治るのか……」

「お医者は養生《ようじょう》して薬を飲んでいればよくなるといいました」

あの晩、津久間は遊女屋から逃げてきたお道を連れて、道玄坂町の小さな旅人宿に入った。そこで三日ほど過ごし、お道が五十両近い金を持っていることを知った。

（この女は放せない）

そう思った津久間は、お道を連れて旅籠《はたご》を出た。そのときすでに、お道は体を壊している津久間に気づいており、

「お医者に診《み》せましょう。お金ならあります。心配いりませんから診てもらいましょうよ」

といった。

津久間は異を唱えなかった。医者を探してくるというお道を茶店で待っていると、近所に医者のいることがわかり、早速訪ねてみた。

あまり頼りになりそうにない医者だったが、脈を取ったり、舌を診たり、体を触

ったりと、体調をこと細かく聞いた。

医者は労咳《ろうがい》だといった。それからいまのうちだったら治せるとも言葉を足した。

「治るか？」

「治すのはあんた次第だ」

津久間は医者の言葉を信じることにした。

薬をもらい、あの医者から遠くないところに住もうと決め、いま住んでいるあばら屋を見つけて、お道の持っている金を使って買い取った。

お道は命の恩人だからといって、そばから離れようとしない。

「旦那から離れると、わたしはまた追われてひどい目にあうかもしれない。それに、わたしには行くところがないし……」

お道は巣鴨《すがも》村の生まれだったが、口減《くちべ》らしのために女郎屋に売られた女だった。

「あんな人でなしの親許に帰る気はしません」

ともいっている。

「涼しくなったら、少し歩く。おまえもついてこい」

津久間は薬を飲み終えてからいった。

「いいですよ」

「それにしても、おかしな女だ」

津久間は高い空を見あげていう。少し咳《せき》をした。

「だって……旦那は、わたしを助けてくれた人だし、このまま放っておくわけにはいかないし……」

「こんな病人といっしょにいてもつまらないだろう」

「そうでもありません。旦那の病気を治そうと決めているんです。だから、それはそれでつまらなくはないし、ここは人の目を気にせず暮らせますから」

津久間はお道に顔を向けた。

美人でもなければ醜女《しこめ》でもない。三十路前の年増ではあるが、悪い女じゃない。もともと気のやさしい女だったのだとわかる。

「地獄で仏かもしれねえ」

「は……」

「何でもない」

津久間はそういって、また表に顔を向けた。

雑草にまじって咲く紅色の花があった。

白粉花《おしろいばな》だった。

「旦那、やることがあるといっていましたね」

蝉の声がいったんやんだときに、お道が聞いてきた。

「ああ」

「教えてもらえますか？」

「ふむ……」

雲が日を遮《さえぎ》り、あたりがゆっくり暗くなった。

「会いたい男がいるんだ」

その男の顔を脳裏に浮かべるが、いまはぼうっとかすんでいる。だが、名前はわかっている。

沢村伝次郎――。

いまは町奉行所にはいないようだ。そこまでわかっている。すると、どこにいるのだと考えるが、それは調べないとわからないことだった。

「どんな人です？」

「おれの、この眉間《みけん》に傷をつけた男だ」

津久間は眉間の上にある古い刀傷を指で示した。

二

「伝次郎さん」

声をかけて舟を寄せてくるのは圭助だった。

伝次郎が本所《ほんじょ》入江町から乗せた客を、芝翫河岸でおろしたあとだった。

「先日のことですがね」

圭助は、ごんと自分の舟を伝次郎の舟にぶつけるようにして止めた。

「あ、すいません」

「たいしたことはない。それでわかったか?」

伝次郎は首筋の汗をぬぐって訊ねた。

「清七って八百屋はありませんでした。何でも一年前にその清七っていう人は、ぽっくり逝《い》っちまったって話で……」

「娘のことは?」

「何といったかな……そうそう、鈴なんとかっていう御武家に嫁いだそうです。わかったのはそれぐらいで、八百屋のおかみがどうなっているのか、おようって娘がどんな暮らしをしているのか……」

圭助は首をかしげながら、よくわからないんですという。

伝次郎は落胆《らくたん》はしなかった。圭助に調べられることは少ないだろうし、端《はな》からあまり期待もしていなかった。それに、おようのことは音松がきっちり調べてくるはずだ。

「悪かったな。余計な頼み事をしちまって……」

「いえ。でも、それでいいんですか? なんだったらもう少し調べますが……」

「いや、もういい。そのことは忘れてくれ。おれも気にしないことにする」

「伝次郎さんがそれでよければいいんですが、役に立ちませんでしたね」

圭助は申しわけないという顔で声を細めた。

「気にするな、無理なことをいったおれが悪いんだ。それより、親方が寝込んでいると聞いたが……」

今朝、船着場に来たとき、川政の船頭・佐吉《さきち》から耳にしたことだった。

「風邪のようです」

「熱があるそうじゃないか」

「夏風邪は質《たち》が悪いといいますが、親方のことですからすぐ治るでしょう」

伝次郎は川政に目を向けた。あとで様子を見に行こうと思う。

「それじゃ伝次郎さん、おいらは行きます」

「ああ、おれももうひと稼ぎだ」

伝次郎は圭助の舟を見送って、自分も舟を出した。

川政の主《あるじ》・政五郎《まさごろう》を訪ねたのはその日の夕暮れだった。

政五郎は川政の一階の奥の間に寝ていたが、伝次郎が訪ねてゆくと、半身を起こした。

「なんだ、わざわざ見舞いなんかに来るこたァねえのに……」

そういう政五郎だが、ゾクッと首をすくめて、褞袍《どてら》を羽織った。

「寒気《さむけ》がするんだったら、熱が下がってないんですよ」

「馬鹿いえ、こんな熱なんかどうってことねえさ。明日になったらけろっと治ってるだろうよ」

「だったらいいんですが、医者には診せたんで……」

「効きもしない薬をもらっただけだ。それで商売のほうはどうだ？」

「ぼちぼちってとこです」

政五郎は煙管《きせる》に火をつけて、吹かした。吹かした矢先に咳《せき》をする。

「少し控《ひか》えたらどうです。煙草はよくありません」

「そうしてえが、こればっかりはなァ……」

そうはいったが、政五郎はもうひと吹かしすると、煙管を煙草盆に打ちつけた。

軒先につるされている風鈴《ふうりん》が、ちりんちりんと鳴った。

「とにかく大事にしてください。これは気付け薬と思って食べてください」

伝次郎は持参の玉子を差しだした。滋養強壮《じようきようそう》に玉子はいいと聞いていたし、伝次郎も子供のころ風邪を引くと、生のまま飲まされたものである。

「余計な気をまわしやがって……」

「とにかく大事にしてください。それじゃ、おれはこれで……」

気を使う政五郎のことがわかっているので、伝次郎は長居は無用だと思った。

「伝次郎」

座敷を出かけたときに、声をかけられた。

「すまねえな」

政五郎は嬉しそうに微笑《ほほえ》んだ。たった一言だったが、それだけで政五郎がありがたく思っているというのがわかった。また伝次郎も、そのことが嬉しかった。

圭助が客にいちゃもんをつけられたうえ、その日の売り上げを巻きあげられたと知ったのは、川政を出てすぐのことだった。

教えてくれたのは、同じ船頭の仁三郎《にさぶろう》だった。向こう気は強いが、義理堅く信用のおける男で、川政の連中に頼られているひとりだ。

「政五郎さんの耳には入れないほうがいいだろう。熱を出して寝込んでいるんだ。へたに教えりゃ無理することはわかっている」

伝次郎がそういうと、

「ふむ、たしかにそうだな。だが、このまま放っちゃおけねえ」

仁三郎は無精《ぶしょう》ひげの生《は》えた顎をなでた。

強請《ゆすり》や恐喝に泣き寝入りすれば、そこにつけ込まれて一度ですまないことがある。

こういったことはきっちりけじめをつけておかないと、他の船頭にも危害が及びかねない。仁三郎はその始末をどうつけるか、政五郎に相談に行くところだったのだ。

「相手のことはわかっているのか？」

「圭助が知っている。回向院前で与太《よた》っているどうしようもないやつらしい」

「おれにまかせてくれないか」

「そりゃならねえ。おめえがひとりで行くっていうんならおれも行く」

伝次郎は仁三郎の日焼けした顔を見た。

「いいだろう。このこと他の船頭は？」

客商売の船頭たちは、普段はおとなしいが、すぐにケツをまくる荒くれが多い。へたに大袈裟になると困ると思った。

「圭助には口止めしてある。知っているのはおれだけだ」

「それじゃ圭助を案内に立てて、相手に会おう」

「伝次郎、すまねえな」

「なに、いいってことよ」

三

圭助は二人の男に脅されて金を巻きあげられただけではなかった。腕をねじあげられ、腹を殴られていた。

「あいつら、おいらが吹っかけたとぬかすんです」

圭助が舟を操りながらいう。伝次郎と仁三郎は、黙って話を聞いていた。舟は落陽にきらめく大川をゆっくり上っていた。

「おいらはそんなことないっていったんですが、べらぼうないちゃもんつけてきやがって……」

「乗せたのはどこからどこだ？」

仁三郎が聞く。

「柳橋《やなぎばし》から向島《むこうじま》です」

すると、舟賃の相場は二匁《もんめ》（約百三十文《もん》）である。

「そいつらは二匁にけちをつけ、売り上げを巻きあげた。そういうことだな」

「へえ」

「売り上げはいくらだった？」

伝次郎が聞いた。

「一分《ぶ》と少しです。それにおいらの小遣いをあわせて一分一朱《しゅ》ぐらいだったはずです」

伝次郎は舳先のずっと先に目を向けた。

大きな弧《こ》を描く大橋が、西日に染められていた。舟の数が少ないから今日も両国の花火は休みのようだ。花火がある日は、夕刻には屋形船や屋根船が橋の下に集まっているが、その姿はない。

三人は大橋東詰にある垢離場《こりば》で舟をおりて、両国東広小路《ひろこうじ》の雑踏に入った。見世《みせ》物小屋《ものごや》や屋台店、大道芸人《だいどうげいにん》たちの集まる場所である。

早朝には草花市が立ち、市中から集まってくる客でにぎわう。料理屋や茶店も多く、あちこちに幟《のぼり》が立てられていた。

昼間ほどではないが、人出は相変わらず多い。あちこちから呼び込みの声が聞こえてきて、笛や太鼓の音も夕空に広がっていた。

雑踏は回向院前までつづいている。

「ひとりは回向院の十吉《じゅうきち》と名乗ったのだな」

「そうです。文句があるなら回向院門前で、おれの名をいえばすぐわかるといいました」

その回向院はもう目と鼻の先だった。

飴《あめ》や菓子を売る屋台が閉じられている。参詣《さんけい》客も少なくなっていて、あたりには夕靄《ゆうもや》が漂っていた。日はすでに江戸城の片端に沈んでいた。

伝次郎と仁三郎は近所の茶店に入って、回向院の十吉のことを訊ねた。

「大方《おおかた》この時分は、裏町の大吉《だいきち》って店にたむろしているはずです。でも、あんな野郎には関わらないほうがいいですよ」

二軒目に訪ねた茶店の主は、心配そうな顔でいう。

裏町というのは、回向院東側の本所松坂町《まつざかちょう》一丁目のことだ。つまり、回向院の門前町《もんぜんまち》が表町《おもてまち》となる。

三人は裏町にまわった。大吉という店はすぐにわかった。腰高障子の破れをそのままにした、古びれた小さな居酒屋だ。

店をのぞいた圭助が、伝次郎と仁三郎を振り返って、いますという。

「どいつらだ？」

そう聞く仁三郎に、圭助が指をさして教えた。

「おれが呼んでくる」

仁三郎にまかせて、伝次郎と圭助は表で待った。あたりはうす靄につつまれていた。空には月が浮かび、星も散らばりはじめている。

「なんの話があるってんだ？」

仁三郎のあとから出てきた男が、意気がったように両襟をさっと正して、伝次郎を見た。それから圭助に気づき、毒づいた。

「なんだ、てめえのことか。けッ、このろくでなしの船頭が、舟賃吹っかけるなんざ百年早いってんだ」

十吉は二十代半ばだろう。すっきりした面立《おもだ》ちだが、目つきとゆがめた口だけで、拗《す》ね者の印象を与える。

「舟賃を払ってくれねえか。それから、こいつから巻きあげた金もそっくり返してくれ。それで話は終わりだ」

伝次郎が十吉に一歩近づいていった。店のなかから三人の男が出てきた。それぞれ、十吉の背後につき、にらみを利かせる。

「何がそれで話は終わりだ。ふざけるんじゃねえぜ。それとも、おれに喧嘩を売ろうって気かい。それならそれで上等だ。売られた喧嘩を買わねえおれじゃねえ」

「喧嘩はしたくない。圭助に詫《わ》びを入れて金を返してくれるだけでいい」

「詫びを入れろだと……」

さっと、十吉の顔が朱に染まった。伝次郎は静かにその顔を見つめる。

「おい、おれをだれだと思ってやがる！　へたなことをいやあ、本所の源七《げんしち》親分が黙っていねえぜ」

やくざの名を出せば、相手が臆《おく》すると思っているどうしようもない雑魚《ざこ》である。

「おれが用があるのはおまえだ。それともおまえは話ができねえから、その源七という男と話をさせようっていうのか。それならそれでいい。源七を連れてこい」

「な、なんだと……」

「なんだったら町方の前で話でもするか。え、おれはどっちでもいいんだ。そんなことは面倒だろう。ここはおとなしく、まるく収めようじゃねえか。舟賃を払い、巻きあげた金を返し、それで圭助に詫びを入れればすむことだ」

「うるせえ、一昨日《おととい》来やがれってんだ。この唐変木《とうへんぼく》が。ペッ」

十吉は伝次郎につばを吐きかけた。

伝次郎は頬についたつばをゆっくり手のひらでぬぐい、

「おれのいうことがわからねえか」

と、あくまでも物静かにいう。だが、目は十吉からいっときたりと逸《そ》らさない。

「ああ、わからねえよ。しゃらくせえ野郎だ」

十吉はいきなり、股間を蹴りあげてきた。だが、伝次郎は蹴ってきた右足首を軽くつかんで、押し倒した。十吉は尻餅《しりもち》をつき、顔面に怒りを充満させるなり、敏《びん》捷《しょう》に立ちあがって殴りかかってきた。

伝次郎はその腕をからめ取ると、腰に十吉をのせて大地にたたきつけ、腕をねじあげた。町奉行所時代に習得した捕縛術だ。

「痛い目にあいたくなきゃいうとおりにすることだ。それともこの腕をへし折るか。そんなことは造作《ぞうさ》もねえぜ」

「は、放しやがれっ。い、痛ッ……」

伝次郎は十吉の腕を強くねじりあげた。

「どうする?」

「おめえら突っ立ってんじゃねえ、なんとかしろ!」

十吉が救いを求めるように仲間にわめいたが、その仲間の前に仁三郎が立ち塞《ふさ》がった。

「てめえら、そこから一歩でも動いてみな。口に手ぇ突っ込んで、喉ちんこひきちぎってやる」

こういったときの仁三郎には迫力があるから、十吉の仲間はたじろいだまま動けなくなった。

「十吉、どうする? 金を返してくれるか?」

伝次郎はあくまでも静かに諭《さと》すようにいう。

「……くく、くそ。ああ、返してやるから放しやがれ」

伝次郎は十吉を放した。十吉は憎々《にくにく》しげな目をしながらも、痛めつけられた腕をさすり、しぶしぶと財布をだして伝次郎にわたした。

「圭助、あらためるんだ」

いわれた圭助が財布をあらためて、売上金と自分の金、それから舟賃を抜いた。

「それじゃおまえの財布は返す。あとは圭助に一言詫びをいってくれ」

「……悪かったな」

ふて腐れながらも十吉はそういった。

「よし、これで終わりだ。お互い恨みっこなしだぜ」

伝次郎は行こうといって、圭助と仁三郎をうながした。と、背を向けたとたん、背後に動く気配《けはい》があった。

伝次郎は振り返るなり、匕首を取りだして襲いかかってくる十吉を見た。きらめく匕首が振りかぶられてくる。だが、伝次郎はその腕を外に払いながら、十吉の顔面に掌底《しょうてい》を見舞った。

とたん、十吉は鼻血を噴きこぼしながら、背後の天水桶《てんすいおけ》に背中をぶつけて尻餅をついた。積んであった手桶ががらがらと崩れ、十吉にかぶさり落ちた。

伝次郎は何事もなかったように、気を失っている十吉に背を向け、

「さ、帰ろう」

と、仁三郎と圭助をうながした。

四

おようはきちんと膝を揃えて、座敷に座っていた。

目の前で母親のおけいが仕立て仕事をしている。一年前に父親がぽっくり逝ってしまったあと、おけいは八百屋をたたみ、細々と暮らしていた。

おようは針仕事をするおけいの動きを見ていた。

あ、いま針を抜いた。その針を髪に持っていってかいた。その手をおろして、膝に置いた。ひとつひとつの動きはわかる。だが、母の顔はぼんやりしている。

視力が急に衰えたのは一年ほど前だった。

原因はわからないが、まったく見えなくなったわけではなかった。

おようは表に顔を向けた。猫の額ほどの庭に、光が降り注いでいる。濡《ぬ》れ縁《えん》の上につるされた風鈴が、思いだしたように小さな音を立てていた。

「およう、いつ帰るんだい？　あんまり家をあけていちゃ、鈴森様に迷惑をかけるんじゃないのかい。忙しい身なんだろう」

「気にしなくていいんです」

およう は離縁を申しわたされたことをいっていなかった。

「何が気にしなくていいんだい？」

「わたしのことです。それよりおっかさんのほうが心配よ」

およう はそういってから言葉をついだ。

「といっても、いまのわたしには何もできないけれど……」

ふうと、ため息をついておけいは肩を落とし、慈悲深い目でおようを眺める。

「おまえが心配することはなにもないんだよ。わたしゃ、ちゃんとこうやって暮らしてるじゃないか。八百屋はたたんだけど、呉服屋から仕立て仕事をもらっているし、おまえのおとっつぁんははたらき者だったから、ちゃんと蓄《たくわ》えを残してくれた」

「…………」

「他人様《ひとさま》に迷惑をかけることなく生きているんだ。それより、わたしゃおまえのほうが心配だよ。まったくどうしてそうなっちまったんだろうね。医者には診せているんだろ」

「診せてはいるけど……」

「けど、なんだい？」

「急に悪くなることはないだろうけど、よくなることもないだろうって……」

「どっかにいい目医者がいればねえ」

「まったく見えないわけじゃないから……。おっかさん」

おようは、嫁ぎ先ではそんな言葉遣いはしないが、実家に帰ったときには、昔の町娘の言葉を遣うようにしていた。

「なんだね」

「もし、わたしがここに帰ってきたらどうする？」

「なんだい。まさか鈴森様と離縁するってんじゃないだろうね。冗談いわないでおくれよ。それに帰ってきて何をするってんだい。そんな按配《あんばい》じゃなにもできやしないじゃないか」

「……そうね」

およう は弱々しくうつむく。

「およう。まさか、おまえのほうから離縁するっていうんじゃないだろうね」

おけいは膝をすって身を乗りだしてきた。

「おまえは鈴森様に請われて嫁に行ったんだよ。町屋の八百屋の娘がお武家に嫁いだんだ。そんな横柄《おうへい》なことはできないよ。……まさか、鈴森様におん出されるってんじゃないだろうね」

およう は口の端に小さな笑みを浮かべて、ゆっくり首を振った。否定とも肯定とも取れる曖昧《あいまい》な所作《しょさ》だった。

「驚かすんじゃないよ。これからあっちこっち行くところがあるから、お昼はひとりですましておくれ。飯櫃《いびつ》は居間に置いてあるし、おかずもそばに置いとくからね」

「帰りは遅いの？」

「木村《きむら》屋さんの仕事をもらってこなくちゃならないけど、日暮れ前には帰ってくるよ」

木村屋は坂本町《さかもとちょう》の呉服屋だった。おけいは木村屋だけでなく、日本橋の大店《おおだな》の下請けをしている仕立《したて》屋の下請けも請け負っていた。

しばらくして、おけいは仕立てあげた着物類を風呂敷に包んで家を出ていった。

ひとりになったおようは、庭のそばに座り、ぼんやりと空を眺めた。

金魚売りや風鈴売りが表を通っていった。

のどかな売り声が、風とともに流れてきた。

(このまま迎えはないのかしら……)

おようは一抹の不安を覚えていた。

「およう、まことに相すまぬが、考えるところあっておまえに暇をだす」

夫の久右衛門にそんなことをいわれたのは、寝苦しい夜の蚊帳《かや》のなかだった。それまで久右衛門はいつになくおようの体を愛撫《あいぶ》していた。

「暇を……」

おようは乱れた浴衣《ゆかた》をかき合わせ、髪を手櫛《てぐし》で整えた。

「おまえと離縁をする」

あまりにも突然のことに、おようは何度も目をしばたたいた。一瞬、頭のなかが真っ白になった。たったいままで、互いの体を貪《むさぼ》るように愛しあっていたのだ。

「離縁って……」

「去り状をわたす。おまえにも支度があろうから、明日出て行けとはいわぬ。だが、日を置かれたら困る。明後日には……」

「わたしに子が出来ないからですか」

「そうではない」

「では、なぜ急に？　何かわたしが至らないことをしましたか？　気に入らないことでもありますか？」

「そんなことはない」

「では、なぜ……」

急に悲しくなったおようは目に涙をためた。

「おまえとはいっしょにおれなくなったのだ。ただ、それだけだ」

久右衛門はそういうと、蚊帳をめくって自分の寝間に戻った。

おようは追いかけていって、離縁の理由を問い質《ただ》したかった。だが、夫の気性を知っているのでそれができなかった。しつこくすれば、ますます嫌われるか、さらに邪慳《じゃけん》にされると危惧《きぐ》した。

翌朝、久右衛門は出勤前に、おようをじっと見つめてきた。

それはずいぶん長い時間だった。

「世話になった。では……」

たったそれだけをいうと、久右衛門は背を向けた。


ちりん、ちりん、ちりん……。

強い風が吹いてきて、風鈴が騒がしく鳴った。そのことでおようは我に返った。

(あの方は本心でおっしゃったのではない)

おようにはわかっていた。それは、久右衛門に人にいえない苦悩があると、気づいていたからだった。

(きっと気の迷いだったにちがいない)

自分勝手な思いかもしれないが、およう は一縷《いちる》の望みを捨ててはいなかった。

五

伝次郎は大川を下っていた。空舟《からぶね》である。

急ぐことはないので、流れにまかせている。川中の澪《みお》がいつになく青く、そして日の光に銀鱗《ぎんりん》のように輝いている。

町中の通りとちがい、舟には川風があたるので涼しい。川を上るときにかいた汗は、もう引いていた。

川端の柳が気持ちよさそうに揺れていて、空には鳶《とんび》が声もなく舞っている。客を乗せていないときは気が静まる。客を乗せているときは、それだけ神経を使っている証拠だ。

同じ川でも、場所によって流れの速いところとそうでないところがある。渓流《けいりゅう》ならまだしも、広い大川にもそんな流れがあった。急ぐときは流れの速いところを選ぶ。川を遡上《そじょう》するときは、その逆である。もう、それがどのあたりであるか、目をつむっていても伝次郎にはわかっていた。

櫓床に腰をおろし、櫂を操って川岸を眺めたり、上り下りをする他の舟に目をやったりする。川を横切る渡し舟もある。

帆《ほ》を下ろした高瀬舟《たかせぶね》が御米蔵《おこめぐら》の桟橋に入っていった。そのそばを筏舟《いかだぶね》がやり過ごすように下ってゆく。鈍重《どんじゅう》そうに上ってくる荷舟もある。

大橋をくぐり抜けると、伝次郎は舟を川中に進めて、一気に舟足を速めた。あたってくる風が、さらに気持ちよい。

芝翫河岸に戻ったら、千草の店で昼飯にしようと考えていた。新大橋を過ぎると、舟を左岸によせてゆき、万年橋から小名木川に入った。

急に風がなくなり、粘つくような生ぬるい風がまといついてくる。じわりと体に汗が浮かぶ。伝次郎は首筋を手ぬぐいでぬぐって、猪牙舟を岸に寄せた。

「旦那……」

声に顔をあげると、音松が雁木の上に立っていた。

「待っていたんです」

「昼飯は食ったか？」

伝次郎は声を返して、舟をつなぐと、軽やかな足取りで河岸道にあがった。

「飯はまだですが、おようのことがわかりました」

「聞かせてくれ。いっしょに昼飯を食おう」

千草の店にしようかと思ったが、音松の接し方は昔と同じで、町方時代の話が出るとまずいと思いなおし、別の店に足を運んだ。

そこは雑然とした飯屋で、近所ではたらく職人や人足らでにぎわっていた。これなら自分たちの話を聞かれることはないはずだ。

伝次郎は鰈《かれい》の煮付けと飯を注文し、だされた麦湯に口をつけた。

「どこから話しましょうか？」

「清七の八百屋がなくなっているのは耳にしているが、わかっていることからでいい」

「へえ、それじゃ親のことから話しましょう。おようの父親は一年ほど前に死んでいます。なんでも卒中《そっちゅう》だったらしく、あっという間のことだったみたいです。母親はおけいってんですが、女手ひとつで八百屋はきついからと、針仕事で生計《たつき》を立てています。暮らしに困っている様子はありませんから、死んだ亭主の蓄えがあるんでしょう」

「住まいは？」

「八百屋をやっているときは霊岸島町でしたが、清七が死んで店をたたんでから隣の富島町に移っています。長屋ですが二間ある家です」

「それで、おようのことは？」

注文の品が届けられたので、話は一時中断した。店内はがやがやとしている。

音松は飯に箸をつけ、鰈の煮付けをほじってから再び話しはじめた。

「おようは田中《たなか》某《なにがし》という旗本《はたもと》の家に行儀見習いに出、そのおりに鈴森久右衛門という方に見初《みそ》められ、そのまま嫁いでいます」

「鈴森久右衛門……」

「へえ、いまは徒組の組頭です」

徒組は本丸に十五組、西の丸に五組置かれている。各組に頭がひとりいるが、これは旗本である。鈴森は徒組頭だというから御家人身分ということになる。

旗本の家に、町屋の娘が嫁ぐことはめったにないが、お目見え以下の御家人なら話がわかる。

「やはり、おようは武家の嫁になったのだな」

「そういうことです」

鈴森久右衛門は組頭だという。すると、役高《やくだか》百五十俵《ぴょう》で躑躅之間《つつじのま》詰めということになる。徒組のなかでは出世だろうが、それ以上の出世は望めない身分だ。

伝次郎は先日おようを舟に乗せたときのことを思い返した。もともと器量がよかったので、暗鬱《あんうつ》な顔にも美しさがあった。

そして、あのとき、およう は離縁をいいわたされたようなことを口にした。

「鈴森久右衛門の屋敷はどこにある?」

「御徒町《おかちまち》だと聞いていますが、詳しいところまではわかりません。ところで、その鈴森久右衛門さまですが、元は町方の次男です」

伝次郎はすすっていたみそ汁の椀を置いた。

「だれの倅《せがれ》だ?」

「早崎助七郎《はやさきすけしちろう》様です。長男の太兵衛さまは、北御番所に勤めています」

「すると……およう は……」

伝次郎ははっとなった顔で、障子に止まっている蠅《はえ》を凝視《ぎょうし》した。

「ご存じなんで……」

「知っているもなにも……」

早崎助七郎の次男・小太郎《こたろう》とは竹馬《ちくば》の友《とも》だった。その小太郎が徒組の組頭になり、およう を娶《めと》っていたとは……。

「旦那、それにしてもなんで、およう のことをそんなに気にするんです」

「昔面倒を見た清七の娘だからだ」

伝次郎はそういうしかなかった。しかし、本心はちがう。めったに出会うことのない純真で無垢《むく》な親思いの明るかった娘が、不幸になっているのではないかと思えてしかたないのだ。

もちろんそこには男と女の感情などはない。あるとすれば、肉親が子を思う、あるいは大の親友のことを思うことに似ているかもしれない。人は人生のうちに、損得勘定《かんじょう》抜きのそんな人間にひとりか二人は出会うと、聞いたことが昔ある。

「旦那、どうしたんで……」

伝次郎は音松の声で我に返った。

「悪いが、鈴森久右衛門の屋敷がどこにあるか調べてくれないか。その手間……」

伝次郎が懐に手を差し入れると、さっと音松が手をあげて制した。

「旦那、いまは昔とちがうんです。あっしは旦那に会えただけで嬉しいんで……。無粋《ぶすい》なことはよしてくださいまし」

伝次郎はじっと音松を見た。音松も同じように見返してきたが、その目にはうっすらと涙の膜が張られていた。

「旦那には足を向けて寝られねえほどの恩義があるんです」

「……すまん。では、言葉に甘えよう」

そういった伝次郎は、

(こいつ、いっぱしの男になりやがった)

と、胸中でつぶやいた。

六

伝次郎は午後からの仕事に気が入らなかった。

それでも三組の客を取った。しかし、舟を操りながら、まったく他のことを考えていた。客から話しかけられてもうわのそらだった。

なにより、おようの夫が、幼いころもっとも仲のよかった小太郎だと知ったからである。小太郎と遊んだのは十五歳までのことだ。よく喧嘩をしては仲直りをするという間柄だった。とにかくくっついたり離れたりといった按配で、亀戸《かめいど》や向島に釣りに出かけたり、海で浅蜊《あさり》をとったり、親の目を盗んで岡場所がどんなところであるか見物に行ったりもした。

小太郎には、太兵衛という兄がいたから家督《かとく》は継《つ》げないとわかっていた。つまり、町奉行所の同心にはなれない子供だった。

本来、町奉行所は世襲《せしゅう》制ではないが、いつの間にかそのようになっていた。だから、小太郎は成長して婿《むこ》養子に行くか、縁戚やつてを頼って仕官する選択肢しかなかった。

詳しいところまではわからないが、小太郎は鈴森という御家人の家に養子に行き、久右衛門と名を変えたのだ。

その久右衛門と会わなくなって久しい。最後に会ったのはいつだったかと思いだそうとしても、はっきりしなかった。ただ、疎遠《そえん》になったのは、伝次郎が見習い同心になったころである。

三組目の客をおろし、芝翫河岸に戻った伝次郎は、菅笠を被ったまま、しばらく雁木に座って煙管を吹かしていた。

ずっと遠くの空に入道雲が聳《そび》えている。町屋の奥から蟬の声が聞こえている。

煙管の雁首《がんくび》を手のひらに打ちつけ、火玉を落とした。

（会いに行ってみよう）

伝次郎は気になるままではどうしようもないと、自分の心に踏ん切りをつけた。舟に乗り込み、そのまま小名木川を下り、万年橋をくぐる。傾きかけた日の光が、正面から顔を焼きにきた。

大川を斜めに横切るようにわたる。西の空に鼠《ねずみ》色の雲がわいていた。夕立《ゆうだち》が来るのかもしれない。

行徳河岸を横目に、日本橋川を突っ切り、亀島川《かめしまがわ》に入り、さらに新川に乗り入れ、一ノ橋の近くに舟をつないだ。

急に日が翳《かげ》り、夕七つ（午後四時）を過ぎたばかりだというのに、夕暮れのような暗さになった。

伝次郎は船頭半纏を羽織って霊岸島町を歩いた。懐かしい場所である。数年前は三日あるいは四日に一度は、見廻りで歩いた町である。

清七のやっていた八百屋のあたりに来たが、やはり店はなかった。代わりに履物《はきもの》屋が暖簾をだしていた。

通りから横道にそれ、富島町に入った。一丁目と二丁目がある。

音松からおようの母親・おけいがどこに住んでいるか、その詳しいことは聞いていない。二間の長屋だというのは聞いているが……。

小さな町とはいえ探すのは手間である。昔だったら自身番に行き、誰それの家だといえば、詰めている番人たちがすぐに教えてくれた。

伝次郎はそのまま亀島川の畔に立った。対岸は八丁堀だ。自分が生まれ育った土地である。急に懐かしさが込みあげてきた。

伝次郎はそのまましばらく対岸の景色を眺めていた。視線を亀島川に下ろすと、空を遮ろうとしている雲の一群が映っていた。

風が出てきて川岸の柳を揺らした。伝次郎の半纏の袖も翻《ひるがえ》った。菅笠が飛ばされないように押さえ、舟をつないだところに戻ろうと、河岸道を歩く。

ひょっとすると、おようは嫁ぎ先の久右衛門の屋敷に戻ったのかもしれない。

おようといっしょに舟に乗り込んだ中間らしき男は、

――二、三日したら、きっと連れ戻してこいとおっしゃいますよ。

と、そんなことをいっていた。

ここにきて、伝次郎はおれも焼きがまわったか、馬鹿馬鹿しいことをしていると、自分のことを嘲った。

脇の路地から「ひゃっこい、ひゃっこい……ええい、やめたやめた」とぼやきながら冷や水売りが出てきた。素足に水桶を担いでいる。暗くなった空を恨めしそうに仰ぎ見て、歩き去っていった。

ねっとりした風が剝きだしの肌をなでていったそのとき、冷や水売りの出てきた路地からひとりの女があらわれた。危なげな足取りで、目の前の地面をたしかめるように歩いている。

(およう……)

伝次郎は足を止めた。

おようは水色の地に花柄《はながら》を模《も》した浴衣を着ていた。細い足首と、うなじの白さが際立《きわだ》っている。透けるような肌にうっすらと化粧をしたその横顔は、見惚《みと》れるような美しさだ。

おようは道を横切ると、亀島川畔の柳の幹に手を添えて、人の気配に気づいたように伝次郎に視線を向けたが、すぐに顔を戻した。

二人の間を二羽の燕《つばめ》が、視界を切るように飛んでいった。

「……およう」

伝次郎が近づいて声をかけると、おようが小首をかしげて顔を向けてきた。

「どちら様でしょう？」

声をかけたのは衝動的だったが、伝次郎はどう答えようか躊躇《ためら》った。

「おとっつぁんは残念だったな。息災《そくさい》だと思っていたのだが、死んだと聞いた」

「父をご存じで？」

おようは探るような目を向けてくる。

「ああ」

「あなた様はなぜわたしのことを……」

伝次郎はおようにさらに近づいた。おようは柳眉《りゅうび》を動かして、目を凝らす。

「見えないのか？」

「いいえ、ぼんやりとものの形はわかります。明るいか暗いかも……。教えてください、どちらの方です？」

「沢村伝次郎だ。南御番所の……」

あっ、とおようの形のよい唇が開いた。

「あのときは、お世話になりました。わたしがこうしていられるのも、沢村様のおかげです。父は死んでしまいましたが、母もわたしも、沢村様のことはずっと忘れていません」

伝次郎が、おようの父・清七にかけられた付け火の疑いを晴らすことができなければ、おそらくおようは久右衛門に嫁ぐことはできなかったはずだ。

武家にかぎらず罪人の娘をもらうものはいない。

「よいところに嫁に行ったそうだな」

伝次郎はいつしか武士言葉を使っている自分に気づいた。

「はい」

おようはか細い声で応じ、不思議そうな顔をした。目は弱っていても、その瞳は湖のように清澄《せいちょう》であった。

「沢村様、刀は？　それに身なりが……」

「故《ゆえ》あってこんな恰好《かっこう》をしているだけだ」

「それじゃお役目のために」

伝次郎は曖昧にうなずいた。

「あのころはまだ可愛い娘だったのに、すっかり大人になった。器量《きりょう》にも磨きがかかったようだ」

おようは照《て》れたようにうつむく。

「そなたのことだ。さぞ大事にされ、幸せな暮らしをしているのであろう」

「そうであればよいのですが……」

おようは顔をそむけた。いまにも泣きそうな表情になった。

「なにかあったのか？」

「いいえ、沢村様がいまでも心配してくださっていると思うと……」

おようは目の縁をしなやかな指で押さえた。そして、ふいに顔を空に向けた。

「雨……」

伝次郎の菅笠にも雨が張りついた。

「送ってまいろう。手を……」

伝次郎がおようの手をつかんだと同時に、ばらばらと大粒の雨が地面をたたいた。

おようは走れないから、濡れて歩くしかない。

「あとは大丈夫です」

おようは木戸口《きどぐち》まできてそういったが、すぐに言葉を足した。

「よかったらお茶でも飲んで行かれませんか。母もじきに帰ってきますし……」

「いや、今日は遠慮しておこう。急ぎの用があるのでな」

伝次郎はていのよい口実を口にした。

「雨が降っていますよ」

「夕立だろう。すぐにやむはずだ」

「あの」

「……うん」

「お会いできて嬉しゅうございました」

「わたしもだ。さあ、ここにいては濡れる。早く家に帰ったほうがよい」

およう は素直にうなずくと、一礼して路地を歩いて行き、一軒の家に姿を消した。

それを見送った伝次郎は、雨に打たれながら舟に戻ったが、おようの手をつかんだときの感触が残っていた。

空の片隅には青空がのぞいていたが、雨はすぐやみそうになかった。

七

「くそ、あいつら……」

十吉は吐き捨てるようにいって、夕立を浴びた朝顔の葉を引きちぎった。

「まったく見損なったぜ、そうは思わねえか」

言葉をついだ十吉は、並んで歩く宋六《そうろく》を見る。

「意気地《いくじ》がねえやつばかりだからしょうがねえだろう」

「へん、そういうてめえだって……」

十吉がにらみを利かすと、宋六は目をそらした。

「まあ、いいさ。あの伝次郎というやつにはたっぷり仕返しをしなきゃならねえ。恥をかかされたまま、おとなしく引っ込んでいるおれじゃねえってことを思い知らせてやるんだ。そうしねえと、おれの立つ瀬がねえ」

「だけど、他のやつらは頼りにできねえぜ。さっきのことでわかっただろう」

十吉は通りの先に視線を飛ばした。

そこは回向院南を東西に走る竪川《たてかわ》通りだった。まっすぐ行って本所尾上町《おのえちょう》を突っ切れば、大川に面した石置き場がある。

「……そうだな」

力なく応じた十吉は、自分が子分だと思っていた仲間のことに落胆していた。伝次郎への仕返しを仲間に話したら、みんなさわらぬ神に祟《たた》りなしといった態度を見せた。腹が立ったので、ひとりひとり殴りつけてやった。

伝次郎に痛めつけられているときも、指をくわえたまま助けもしなかったやつばかりだ。隣の宋六もそうだが、こいつとは腐れ縁だと思っていたし、連れて歩いて損はしない男だった。

十吉には宋六を入れて六人の仲間がいる。けちな脅しや盗みをするどうしようもないやつばかりだが、十吉を立ててくれていた。だから、十吉は面倒を見ていた。面倒といっても、たいしたことではない。仲間がどこの誰それに因縁《いんねん》を吹っかけられたと聞けば、飛んでいって思い知らせてやり、詫びをもらう。

その詫びの半分を仲間にわたすという程度であるが、そのことで頼られる男だった。だが、それは単に十吉の思い込みだとうすうす感づいていた。

（あいつらは、適当におれと付き合っているだけだ）

そう思うと、またもや腹が立ってきた。

「くそ、むしゃくしゃする。どっかで喧嘩でもやっちまうか」

「これから源七親分に会うんだぜ。そんなことしたらまずいんじゃねえか」

「ま、そうだな」

通りには商家の軒行灯《のきあんどん》のあかりがこぼれていた。夕立のあとの道は湿《しめ》っており、水気を含んだ砂利があわい行灯のあかりを照り返している。

空には月が浮かび、星が散らばっていた。

「あ、文太《ぶんた》の野郎だ」

宋六がつぶやくようにいった。十吉もそれと気づき、目を険しくした。文太は一《ひと》ツ目之橋《つめのはし》をわたってきたばかりで、広小路のほうに向かっている。

十吉は両手で着物の襟をぐいっと開き、

「ヤキを入れるぜ、ついてきな」

といって、小走りになって文太を追いかけた。

ももんじ屋（獣肉屋）の前で文太に追いつくと、肩をつかんで声をかけた。

びくっと文太が振り返って、怯《おび》えた目をした。片頬に軒行灯のあかりを受けているが蒼白《そうはく》だ。

「てめえ、この前伝次郎って野郎《やろう》が来たとき、真っ先にとんずらしたそうだな」

「いえ、あのときは、ちょいと……」

「なんだ」

「朝から腹がしぶっていて、それで我慢ができなくなり」

ぴしっと、十吉は文太の頬を張った。

「ついてこい。話がある」

十吉は文太が逃げないように袖を強くつかんで、近くの空き地に連れ込んだ。

「な、なんです」

「なんですじゃねえ」

十吉は文太の腹に膝蹴りを入れた。うっと、うめいて文太が腰を折る。今度は太股を蹴った。文太は立っていることができずに、うずくまった。

「野郎ッ」

うなるように十吉はいって、文太の髷《まげ》を荒々しくつかんで顔をあげさせた。そのまま頭突きを見舞う。文太は鼻血を噴きこぼした。それにはかまわず、頬桁《ほおげた》を殴りつける。

ガツンと鈍い音がして、文太は横に倒れた。十吉は容赦しない。雪駄で文太の頬を踏みつけてやった。

「てめえ、裏切りやがって……」

「堪忍《かんにん》、堪忍してください。ほんとにあんときは……」

文太は泣いていた。

「うるせえってんだよ。てめえは落とし前をつけるんだ」

「は、はい」

「十両都合してきな。そうしたら勘弁してやる」

「じゅ、十両……」

「てめえの家は儲かっている塩物屋だ。十両ぐらいどうにでもなるだろう。期限は三日だ。いいな」

「そ、それは無理です。そんな十両だなんて」

「おう、だったらここでぶっ殺してやろうか！　おれを舐《な》めンじゃねえぜ！」

十吉は匕首を引き抜いて、文太の首筋にあてた。

「も、持ってきます」

文太はくしゃくしゃの泣き顔で、ふるえ声を漏らした。

「いいか三日だぜ。遅れたら、ほんとにてめえの命はないと思え」

十吉はそういって、文太の懐に手を入れて財布を抜き取った。

「これはおれがもらっとく。この前の罰だ」

もう一度、文太の腹を蹴って、つばを吐きかけてやった十吉は、宋六を見てにやりと笑った。宋六はこわばった顔をしていた。

そのまま二人は、暗がりですすり泣く文太を置き去りにして表通りに出た。

「十両ありゃ、用心棒《ようじんぼう》ぐらい頼めるな」

「用心棒？」

宋六がくぼんだ目をぱちくりさせる。

「伝次郎をぶっ殺してもらうんだ。そうしなきゃおれの気がすまねえ」

「本気かい？」

十吉は色白の細面を宋六に向ける。唇が薄く、剃刀《かみそり》のように鋭い目をしている。

左頬と顎には、喧嘩をしたときにできた古傷があった。

「おれは冗談はいわねえ」

そのまま十吉は両国東広小路を横切って、駒留橋《こまどめばし》をわたったすぐの居酒屋に向かった。

奥の席に、源七というやくざの背中があった。暖簾をめくって店に入ると、源七の顔が振り向けられた。赤鬼か仁王像を想像させる顔だ。大柄な男で、つるっ禿《ぱげ》だった。

第三章　花火

一

神田川に架かる和泉橋の北詰、そのそばにある佐久間《さくま》河岸で客をおろしたとき、伝次郎は自分を見ている人の目に気づき、顔をあげた。

荷揚場《にあげば》の上に、南町奉行所定町廻り同心の酒井彦九郎《さかいひこくろう》が立っていた。そばにはいつも連れ歩いている小者の万蔵《まんぞう》の姿もある。

彦九郎はずんぐりした体であるが、万蔵も似たような頑丈《がんじょう》な体をしているので、同じ身なりなら兄弟と見まちがえられるかもしれない。

彦九郎は普段の柔和な目を細めて、

「おめえじゃねえかと思ったら、やはりそうだった」

といった。

「今日はこっちですか」

「まあ、暇つぶしだ。茶でも飲まねえか」

伝次郎は一服つけようと思っていたので、誘いにのる恰好で、河岸道にあがった。向柳原《むこうやなぎわら》の茶店に入り、彦九郎と同じ床几《しょうぎ》に腰をおろし、麦湯を飲んだ。

彦九郎は毎日暑いとか、夏はまだこれからなどと、愚にもつかないことを口にする。万蔵はそばの床几に座って、表を眺《なが》めていた。

「商売はどうだ？」

「よかったり悪かったりと、いろいろです」

伝次郎は帯に挟んだ扇子を抜いて開いた。団扇《うちわ》より、扇子のほうが持ち運びに便利だから夏場は必携の品だった。

「客商売はそういうもんだろう。おれのほうも忙しくなったり暇になったりだ。おぬしも知ってることだが……」

「暇なほうがいいじゃありませんか」

「まあ、そうだな」

二人はそのまま黙り込んで、町屋の向こうに広がる空を眺めた。

町は蟬の声につつまれている。印半纏《しるしばんてん》に股引を穿《は》いた蚊帳売りが、天秤棒《てんびんぼう》を担いで、気《け》だるそうに通りすぎていった。暑さにまいっているのか、売り声もあげていなかった。

「津久間戒蔵のことだが……」

ふいに彦九郎がいった。伝次郎はその名にすばやく反応し、彦九郎を見た。

「なにかありましたか？」

「いや、品川で見たという話を聞いてそれっきりだ。小笠原《おがさわら》家には、おりを見て伺《うかが》いを立てているが、藩の目付も所在をつかんでいない。もっともわかれば知らせがあるだろうが……」

伝次郎はふうと肩を落とすようにため息をついた。扇子を閉じ、足許を見ると、蟻《あり》の行列があった。

津久間戒蔵は肥前小笠原家の家臣だった。人殺しであるから、藩目付も黙ってはいないだろうが、時間がたっているので探索は縮小されているはずだ。

(やはり、自分で探すしかないのか)

そう思う伝次郎だが、その手立てがない。

「酒井さんにはいつも骨を折ってもらい申しわけありません」

「そういうな。おぬしには頭のあがらぬおれなのだ。だが、逃げるのも並大抵ではないだろう。追うものより逃げるもののほうが、心労《しんろう》が激しいという。逃げるのに疲れ、自首《じしゅ》してくるやつもいるのだ。津久間がそんな男かどうかわからねえが……」

「いまさら焦《あせ》ってはおりませんが、やつだけは許せませんから」

伝次郎は唇を噛んで、また扇子を開いてあおいだ。そのとき、ふと思いついたことがあった。

「酒井さんは早崎太兵衛さんをご存じですか？」

「ひょっとして北町の吟味方《ぎんみかた》か……」

「そうです」

「親しく付き合ってはいないが、顔ぐらいならわかる。早崎がどうした？」

「早崎さんには小太郎という弟がいます。いまは養子に行って鈴森久右衛門という名に変わっていますが、その久右衛門の住まいを知りたいんです。やつとは幼馴《おさな》染《な》みでして、もうずいぶん会っていません。ひょんなことから、徒組頭をやっていると聞き、懐かしくなりましてね」

「徒組は大所帯だが、組頭だったら調べればわかるだろう。いや、その兄貴の早崎に聞けばすむことだ」

「お手数かけますが聞いてもらえませんか」

「そんなことならお安いご用だ。わかったら使いを出そう」

彦九郎は「さあ、見廻りに行こう」といって腰をあげた。

伝次郎もそのまま舟に戻った。彦九郎は鈍重そうな体をしているが、軽忽《けいこつ》な人柄で人付き合いがよく、物事の処理が早い。おそらく今日のうちに調べてくれるはずだ。

舟を出した伝次郎は、純粋に小太郎こと鈴森久右衛門に会いたいと思っていた。その根底には、おようのこともある。しかし、久右衛門ならば遠慮なく話すことができるはずだ。

もっとも、会わなくなって二十数年の歳月が流れている。かつて無二《むに》の友垣《ともがき》だったとはいえ人間的に成長し、ものの考え方や見方も変わっているはずだ。

その夜、伝次郎はいつものように千草で少しの酒を飲み、千草の手料理で腹を満たした。

客はそこそこの入りで、知ったものばかりだった。軽口をたたいて言葉を交わすが、伝次郎は相手のことに深く立ち入りはしない。

「もう、やだ。そんなことすると、おかみさんに告げ口しますよ」

手伝いのお幸が常連客に口を尖らせる。茂蔵《しげぞう》という指物師《さしものし》にからかわれ、尻を触られたのだ。

「おっと、そりゃ勘弁だ」

酔っている茂蔵は自分の額をたたく。

「お幸、片づけてくれ」

伝次郎が声をかけると「あら。もうお帰り」と、顔を向けてくる。ほっぺが無花果《いちじく》のように赤く、愛らしい鼻がぷいっと空を向いている。

「客があるんでな」

伝次郎は彦九郎の使いが来るかもしれないと思っていた。

「ふーん、つまんないな」

お幸はしかたなさそうに空いた器を片づける。板場《いたば》から出てきた千草が、ずいぶん早いじゃないと声をかけてきた。

「用があるんだ」

「お客があるらしいわ。ひょっとして女の人だったりして」

お幸は首をすくめ、ふふふと、からかうように笑う。

「そうだったらおれも帰る楽しみがある」

伝次郎は軽くいなして表に出た。

ねっとりした風が体にまといついてきた。今夜も暑そうだと思う。

家について、一息ついたとき、戸口に人の影が立った。

二

「邪魔するぜ」

やってきたのは政五郎だった。

「どうかなすったんで……」

「いや、先日の礼だ。ほれ、このとおりぴんぴん元気になった。それにしても夏風邪はしつこくていけねえ。あがっていいかい？」

「どうぞ」

二人は狭い部屋で向かいあった。

「これはおれからの気持ちだ」

政五郎が持参してきた酒をどんと置く。

「そりゃあ困ります。おれは精《せい》をつけて早く風邪が治ればいいと思っただけです。玉子ごときに、これは……」

伝次郎は酒を押し返した。

「遠慮はいらねえ。それに玉子の礼ってこともあるが、この酒はそうじゃねえ」

「……と、いいますと？」

伝次郎は政五郎を窺うように見る。福々しく貫禄のある男だ。若いころは美丈《びじょう》夫《ふ》でならし、女を泣かせまくったと、豪快に笑ったことがある。冗談だとしても、半分は事実だろうと伝次郎は思っていた。

「ま、いい。せっかくだ。飲もうじゃねえか。ぐい呑みを……」

伝次郎はいわれるままふたつのぐい呑みを用意した。政五郎は煙管に火をつけ、うまそうに煙を吹かし、口許に笑みを浮かべていた。

「じゃ、遠慮なく」

伝次郎はふたつのぐい呑みになみなみと酒をつぎ、ひとつを政五郎にわたした。

「おめえさんと飲む酒はうまいからな」

政五郎は煙管を煙草盆に置いて酒に口をつけた。伝次郎も飲んだ。

「うまいのは酒のせいですよ。これは上物《じょうもの》ですね」

「そうかい。それより世話になった。礼をいう」

政五郎は軽く頭をさげた。伝次郎はなんのことかわからず、ぐい呑みを宙に浮かした。

「圭助の件だ。仁三郎から聞いた。他の船頭は知らねえが、世話をかけた」

「いや、あのことだったら……」

「舟賃にあやをつけるだけならまだ救いようがあるが、圭助を殴って金を巻きあげたんじゃ、黙ってるわけにはいかねえ。おれが出て行かなきゃならねえところを……骨を折らせた」

「たいしたことありません。気にしないでください」

「だが、相手は源七とかいうやくざの名を出したらしいじゃないか」

「知ってるんで？」

「いや、聞いたことはねえ」

政五郎は煙草盆に置いていた煙管をつかんで、灰を落とした。政五郎は船宿の看板をあげている手前、本所や深川の博徒《ばくと》と少なからず関わりがある。もっとも、距離を置いてあたり障《さわ》りのない付き合いをしているだけだ。

「圭助に手を出したのは町の与太者です。ああいう手合いは、やくざの名を出せば相手が怖《お》じけづくとでも思っているんです」

「質の悪いやつだったら面倒になるぜ」

「それはないでしょう。仲間とつるんでなきゃ、何もできないような男です。似たように意気がっているやつは、そこらじゅうにいるじゃありませんか」

「まあ、そうだろうが、万が一ってこともある。十吉というらしいが、やつは仲間の前で恥をかかされた恰好だ。目の敵《かたき》にするのは圭助ではなく、おめえってことになるんじゃ……」

伝次郎は短く笑って、政五郎を見た。

「政五郎さんらしくもない。何を心配してんです。まあ、そのときは痛いってほど懲《こ》らしめてやりますよ」

「そうだな……。おれも年なんだろう。それも心配の種《たね》が尽きねえからだ。小さな船宿だが、細々《こまごま》した面倒事が多くてな。いや、余計なこといっちまった。勘弁してくれ」

それからは愚にもつかぬ世間話に転じ、政五郎は血の気の多かった若いころの話をした。伝次郎も自分のことを話したいが、元町奉行所の同心だったとはいえない。いえば周囲の見る目が変わるのは明らかだ。そうなると住みづらくなる。

伝次郎は聞き役に徹していた。

「おっと、遅くなっちまった。明日も早いし、この辺で切りあげよう」

話を打ち切った政五郎が腰をあげたときには、一升近い酒があいていた。

伝次郎は帰る政五郎を木戸口まで送ってから家に引き返した。相当飲んでいるが、二人とも酩酊《めいてい》はしていなかった。伝次郎も政五郎の足取りもしっかりしていた。

それでも、家に帰るとその日の疲れがどっと出てきた。伝次郎はまだ一升は残っている政五郎が持ってきた酒徳利《さかどっくり》を片づけると、消えた蚊遣《かや》りに火をつけ、蚊帳を吊《つ》るためにたちあがった。

「こんばんは。まだ、起きておいでですね」

腰高障子の向こうから声がした。

「だれだ？」

「粂吉《くめきち》です」

酒井彦九郎の小者である。入れというと、戸を開けて入ってきた。

「酒井の旦那からの言付けです。自分で来たかったようですが、あいにく上役の家に呼ばれておりまして、あっしが代わりにやって来やした」

「鈴森久右衛門のことだな」

「そうです」

「聞こう」

粂吉を上がり框《がまち》に座らせると、伝次郎はその前であぐらをかいた。

「鈴森さんは御徒十二番組の組頭で、その頭は神村喜三郎《かみむらきさぶろう》という方です。屋敷は和泉橋通御徒町にあります」

伝次郎はその通りを思い浮かべる。和泉橋から北へ延びる通りだ。あの辺一帯には徒の組屋敷が多い。

「早崎家から鈴森家の養子となって家督を継がれたのは、二十年ほど前です。それからさる旗本の次女を嫁に迎えられたようですが、そのご新造は十三年ほど前に死んでおります。なんでも流行病《はやりやまい》にかかってのことらしいですが……」

するとおようは後添《のちぞ》いということになる。

「子はいるのだろう？」

「いいえ、跡取《あとと》りがなかったので後添いをもらわれたのが二年前です。その後添いのことは旦那も……」

「うむ、知ってる」

「二人の間に子はないのか？」

「ないようです。伝えるのはそれだけですが、旦那がもっと知りたいことがあれば動くといっていましたが……」

「いや、屋敷がわかっただけで十分だ。酒井さんに礼をいっておいてくれ。こんな夜分にご苦労だったな」

「いえ、それじゃ失礼しやす」

粂吉はそのまま去って行った。

ひとりになった伝次郎は蚊帳を吊って、なかに入ると夜具の上でしばらく虚空《こくう》を見つめた。

鈴森家に養子に入った小太郎は先妻を亡くしている。子がいなかったというから、およう を後添いにもらったのは、家督を継がせる目的があったからだろう。

しかし、二人の間にはまだ子が出来ていない。さらに、小太郎……いや、いまは久右衛門であるが、およう に去り状をわたしている節がある。

（なぜ、そんなことをする）

伝次郎には理解できないことだった。

三

翌朝、長屋を出た伝次郎は、大小を菰《こも》に包んで自分の舟に向かった。腹掛けに半纏、股引という普段の船頭姿ではない。棒縞の小袖を着流し、雪駄を履いていた。

舟に乗ると、尻を端折って棹をつかんだ。

今日は仕事は休みにした。小名木川には朝霧が立ち上っていたが、それは細い絹のように薄く、万年橋を抜けるころには消えていた。

大川を上り、大橋を抜け、神田川に入ると、和泉橋手前の河岸場に舟をつないだ。大小を腰に差して舟をおりるが、菅笠は被ったままだ。

朝日につつまれた町屋には、蝉の声が高くなっている。伝次郎は和泉橋から北へ向かう道筋を辿《たど》った。この先には大名屋敷や旗本屋敷がある。その先が徒組の大縄地《おおなわち》だ。

通りには職人や商家の奉公人たちの姿にまじり、武士の姿も少なくない。多くがお城に出勤するのだ。それぞれの地位は、供連れの人数や羽織で察しがつく。幕府重役や大名ならば乗物である。そのつぎが馬、そして徒歩となる。

商家の軒先に咲いている朝顔が瑞々《みずみず》しい。水打ちされた道に風が流れると、気持ちがよかった。

藤堂和泉守《とうどういずみのかみ》（伊勢国津藩《いせのくにつ》）上屋敷を過ぎると、武家地である。町屋にはない静かさがある。練塀《ねりべい》や垣根の向こうに松や杉を見ることができる。

組屋敷地は整然と並んでいる。ひと区画はだいたい百坪から二百坪だ。広い屋敷を拝領している武家のなかには、屋敷内に家を建てて貸しているものもいる。

早朝に鈴森久右衛門を訪ねるのは、出勤されたあとだと困るからである。伝次郎は非番であればよいがと、期待できないことを思いながら道を拾っていった。

辻番に行き、久右衛門の屋敷を訊ねるとすぐにわかった。

屋敷地を右に左へと折れ、一軒の屋敷を見つけた。建仁寺《けんにんじ》垣の向こうの庭で、掃除をしている男がいた。中間か小者と思われる。

門札も表札もかかってはいないが、辻番の教えてくれた道順だと、そこが久右衛門の屋敷のはずだった。

「もし、つかぬことを訊ねるが、ここは鈴森久右衛門殿のお宅であろうか」

伝次郎は垣根の向こうに声をかけた。

男が箒《ほうき》を持ったまま顔を向けてくる。猿のようにしわ深い痩せた男だったが、人のよさそうな顔つきだ。おようと、伝次郎の舟に乗り込んできた男だった。

たしか、行蔵といっていたはずだ。

「さようですが……」

「主人はご在宅であろうか？」

「へえ、いらっしゃいますが……」

行蔵が答えた矢先に、ひとりの男が縁側に姿をあらわした。

（……小太郎）

胸の内で幼名をつぶやいた。いまは鈴森久右衛門だ。

「どなただ？」

久右衛門が訝《いぶか》しげな目を向けてくる。楽な着流し姿だから、非番のようだ。

伝次郎は菅笠を脱いだ。とたん、久右衛門の目が細められ、そしてくわっと見開かれた。

「伝次郎……」

名を呼ばれた伝次郎は、口の端に笑みを浮かべた。

客間に通された伝次郎は、久右衛門と向かい合った。互いに昔を懐かしむような眼差《まなざ》しで、短く見つめあった。久右衛門は子供のときもそうだったが、口が大きかった。それにぶ厚い。その厚さが増しているように見えた。鼻梁《びりょう》がどっしりしている。

何から話せばいいか戸惑っていると、

「息災であったか？」

と、先に久右衛門が口を開いた。

「ああ。互いに年をとったな」

「そうだな。よく日に焼けておる。しわも深くなっている」

「それはお互い様であろう」

「ふふ、何年ぶりだ。二十……」

「二十五年になる。出世したそうだな」

伝次郎は答えていった。

「これ止まりだ。よくここがわかったな。もしや兄上に……」

「いや、知り合いにたまたま聞いて、会いたくなったのだ。内儀《ないぎ》は見えないが
……」

伝次郎はわざといって、湯呑みをつかんだ。麦湯が入っていた。暑い夏には嬉しい冷たい飲み物だ。

「……実家に帰っているだけだ」

久右衛門は視線をそらして答えた。

「お子は？」

「おらぬ。先妻を亡くして、後添いをもらっているのだ」

すでに知っていることであったが、

「それは気の毒なことをした。だが、後添いがいるならこの先の心配はいらぬだろう」

と、伝次郎はいった。

「まあ、そうだな……」

久右衛門は視線をそらして湯呑みに口をつけた。伝次郎がちらりと敷居の向こうを見ると、控えていた中間の行蔵がうつむいた。伝次郎には気づいていないようだ。

「おれのことは聞いているか？」

伝次郎は久右衛門を見た。彼の兄・早崎太兵衛は北町奉行所の同心だ。

「いや、兄上にはめったに会わぬのでな。それに、あの方は忙しい身だ。おぬしとて同じだろう」

「うむ」

知らないなら、いまここで自分のことは伏せておこうと伝次郎は思った。

久しぶりの再会だが、なかなか話ははずまなかった。とつとつとあたり障りのないことを話しただけだった。

その際、伝次郎は、久右衛門はなにかに思い悩んでいるのではないだろうかと思った。ときどき、眉間に暗い影をよせ、陰鬱《いんうつ》な目をするのだ。やんちゃだった幼いころのあかるさは微塵《みじん》も感じられない。

もっとも長年会っていないし、どんな苦労をしてきたかも知らない。人知れない艱難辛苦《かんなんしんく》があったのかもしれない。幕臣の家に養子に入ったからといって、その先に幸せが待ち受けているとはかぎらないのだ。

「伝次郎、今度ゆっくり酒を飲もう。この屋敷を訪ねてきてもらってもいいし、おぬしがうまい店を知っているなら、そこへ出かけてもいい」

はずまない話に区切りをつけるように久右衛門がいった。

「よかろう。おぬしは城勤めの身だ。何かと都合があろうから、おぬしに合わせる」

「では、三日後に会わぬか。そうだな、柳橋に『あい雲屋』という料理屋がある。暮れ六つ（午後六時）にそこでどうだ？」

「その料理屋だったら知っている。よかろう。では、またそのときに」

伝次郎は腰をあげて式台へ向かった。そのとき、久右衛門が呼び止めた。伝次郎は無言のまま振り返った。

久右衛門は何か躊躇っていたが、

「いや、今日は嬉しかった」

と、誤魔化《ごまか》すようにいって小さな笑みを浮かべた。

「うむ、おれもだ」

四

その日も大過なく勤めを終えた久右衛門は、大手門を出て大名屋敷地を抜け、神田橋御門に向かっていた。市中を照りつけている日射しはいまだ衰えてはいないが、日は西に傾いている。刻々と斜陽《しやよう》が長く影を引くのがわかる。

久右衛門は思いもよらず竹馬の友であった伝次郎の訪《おとな》いを受け、少し心が軽くなっていた。ともすればささくれた気持ちが、とくにこれといった言葉を交わしたわけではないのに、幼友達の顔を見たというだけで落ち着きを取り戻していたのだ。

むろん、それで胸に秘めた苦悩が解決したわけではない。

神田橋御門前に来たとき、久右衛門の顔がゆっくりかたくなっていった。門そばにある大番所の前に供連れの新見新五郎を見たからだった。

(面も見たくない男に……)

内心で舌打ちをしたが、数日前から会ったら一言いっておこうと思っていたことがあった。

「おぬしらここで待っておれ」

久右衛門は供のものたちをその場に待たせると、大番所へ足を向けた。何やら番人と話していた新見が、それと気づいて振り返った。彼の供は門そばに待っている。

「これは鈴森、登城していたのか」

新見は口の端に冷たい嘲笑《ちょうしょう》を浮かべた。詰めているのは同じ躑躅之間であるが、顔をあわせていなかった。

「これは異《い》なことを申されます。わたしは城内で新見さんを見かけておりますす」

「ほう、さようであったか。ちっとも気づかなんだわ」

「話があるのですが……」

久右衛門はまっすぐ新見を見る。

「なんだ？　急ぎの用があるゆえ、手短《てみじか》に願う」

「では……」

久右衛門はそう応じて、一方に歩いてゆき立ち止まった。

「お言葉ではありますが、いちいちことを大きくするようなことを申されては、はなはだ迷惑であります。それがどういうことだか、わたしから申しあげるまでもなく、新見さんはおわかりのはず」

「はて、なんのことだ」

新見は帯に挟んでいた扇子を抜き、バッと音をさせて開いた。

「白《しら》を切られますか」

「白だと……きさま、おれに喧嘩でも売る気か」

新見はにやけた笑みを引っ込めたが、さも久右衛門のことが煙《けむ》たそうに扇子をあおいだ。久右衛門は小さく唇を嚙み、目に力を入れた。

「わたしは新見さんの忌諱《きい》に触れることでもいたしましたか。新見さんのやっておられること、いや無用な言葉は、穏やかな水面に一石を投じ波紋を立てるようなことではありませんか」

「なんだ、よくわからぬ。直截《ちょくせつ》に申せ」

「では遠慮なく。わたしの組衆が中之口《なかのくち》の番をやっているとき、ひとり人数が抜けたのはたしかです。しかしながら、あれは体の具合が悪くなり、急遽《きゅうきょ》休みを与えたに過ぎません。屋敷替えにも苦言を呈されているようですが、それもわたしの一存があったからではありません。越したもの、越してきたものの双方が納得してのことでありました。また、御門普請の出役《でやく》を取りやめたのも、徒頭にお考えがあってのことだったのです」

もっといってやりたいことはあるが、久右衛門は当面の事実だけを述べた。

「さようか……。しかしながら、ひとりが抜けたならばなぜ、その穴埋めの人間を寄こさない。平時だからといって、おろそかにしておれば、いざというときに間にあわぬ。屋敷替え然《しか》り、おぬしの一存で決められることでもなかろう。まあ、御門普請出役のことはよくはわからぬが……」

新見はそっぽを向いて扇子をあおぐ。

「お言葉ですが、屋敷替えについてこれまで他の方から注意を受けたことはありません」

「では、これまでも同じことをやっていたと申すか」

さっと新見が顔を向けて、狐目をみはった。

「それはありませんが、他の組でもやっていることで、大袈裟な問題になったことはありません」

「決まりを守らずによく申すやつだ。決まりは決まりではないか」

新見はあくまでも四角四面なことをいう。

（このへそ曲がりめ……）

久右衛門は胸中で吐き捨て、新見をにらむように見る。新見もにらみ返してくるが、それには明らかな敵意の色があった。

「門番にしろ、出役にしろ、決まり事を守り、いざという場合に備えるのがわれらの勤め。もし、戦《いくさ》になったらいかがする。責めを負うのはきさまだ。それだけの心得があってのことだと申しても、それはいいわけに過ぎぬ。何が大事なのか、どうやらきさまにはわかっておらぬようだな。決まりは決まりだ。法度《はっと》は法度だ」

新見はあおいでいた扇子を、久右衛門の鼻の前でさっと閉じた。その風が久右衛門の顔にあたる。

「意見するならやることをやっていえ」

新見は吐き捨てるようにいうと、用はすんだとばかりに背を向けた。

「お待ちください」

久右衛門が呼び止めると、新見がゆっくり振り返った。

「いたずらにことを大きくすることはないでしょう。もし、わたしに至らぬことがあれば、じかに申せばすむことではありませんか。それをだれに彼にといい触らしておられる。それは新見さんの品格を落とすことです」

「なに……」

「先だって配下のものが落とした煙草入れが廊下にありました。だれが落としたか大方《おおかた》察しはついたはず。その組衆のところへ行き、軽く注意を与えてわたせばすむことです。それを上役に具申《ぐしん》され、ことを大きくされた。たかが落とし物。だれの迷惑だったはずです。新見さんは、些事《さじ》を大きくして楽しんでおられるのですか」

「おい、言葉が過ぎるぞ」

久右衛門と新見はにらみ合った。

もし、自分が新見より年長で、先に組頭になっていれば、もっと強く出ることができるのだが、それができない。そのことが久右衛門は悔《くや》しかった。また、なにゆえそうなのかよくわからないが、新見は若いころ仲間の組衆に虐げられながら、いまの地位についたから心根が屈折しているので気をつけろと、同輩の組頭に忠告を受けていた。

周囲には蟬の声がわいていたが、その空間だけは無音のような静寂に包まれていた。西日を受けた新見の顔は、怒りのためか赤くなっていた。

「説教などたれおって……」

「説教ではありません」

「なにッ」

「お言葉をお控えくだされば、まるく収まることです。無駄に波風《なみかぜ》を立てることはないでしょう。では……」

久右衛門は軽く頭をさげてその場を離れたが、すぐに新見の言葉が追いかけてきた。

「よくわかった。よくわかったぞ鈴森」

久右衛門は振り返らずに歩きつづけた。

五

「およう、どうしたんだい？」

母親のおけいの慌てた声がしたが、おようは気持ち悪さと吐き気に返事をすることができず、畳を這《は》うようにして縁側に行った。そのまま四つん這いになって、胃のなかのものを吐こうとするが、胃の腑《ふ》からせりあがってくるものは胸のあたりで止まり、肩で激しく息をするしかなかった。

おけいが背中をさすってくれている。

「大丈夫かい？　水を持ってこようか」

おようは荒い息をしながら、暗にうなずいた。そのままじっとしていると、吐き気は静かに引いていった。ただ、喉元に酸《す》っぱいものがあり、胃のあたりに気持ち悪さが残っているだけだ。

「お飲み」

おけいが湯呑みを差しだしてくれたので、おようはつかんで水を飲んだ。

「何か悪いものでも食べちまったかねえ。夏はものが腐りやすいから気をつけなきゃいけないね。でも、おかしいねえ」

「もう、大丈夫。ちょっと気分が悪くなっただけだから」

おようがそういっても、おけいは心配なのか、しばらくそばを離れず背中をさすっていてくれた。

「おっかさん、わたしはもういいから食べて。もう大丈夫だから……」

「食い物にあたっちまったかねえ」

おけいはそういいながら居間に戻った。おようも気分がおさまると、夕餉を食べているおけいのそばに行き、膳部を片づけはじめた。

「おっかさん、堪忍ね。せっかく作ってくれたのに、残してしまって……」

「昼間変なもんでも食ったんじゃないかい。気をつけなきゃいけないよ」

おけいはそういいながら、ぽりぽりとたくあんを囓《かじ》っていたが、突然、箸を止めて、

「ひょっとしておまえ……」

と、およをじっと見た。

「できたんじゃないのかい」

およはドキッとした。自分でも食あたりではないかと思っていたのだが、思いあたることがあった。ここしばらく月のものがないのだ。

遅れているのではないかと思っていたが、

（まさか……）

と、顔をこわばらせた。

「もし、そうだったらお目出度《めでた》だよ。およう、やや子が腹んなかにいるのかもしれないよ」

おけいの声が急にはずんだ。

「鈴森家の跡取りがやっとできるんだよ。きっと、久右衛門様も喜んでくださる。

なにしろ前の奥さんには子が出来なかったんだからね。男かねえ、それとも女かねえ」

「おっかさん、よして。まだそうだと決まったわけじゃないんだから。水にでもあたったのかもしれないし……」

およう は、はしゃぐ母親をたしなめた。

「でも、わたしゃ変なもん作った覚えはないしね」

おけいは箸を置いて首をかしげる。

その夜、蚊帳のなかで横になったおようはよく見えない目で、暗い天井を凝視《ぎょうし》していた。

枕許《まくらもと》に置かれた行灯のあかりを感じることはできるが、視界はとめどなく暗い。

このまま目が見えなくなってしまうのではないかという恐怖がある。

(そんなのいやッ!)

心の内で叫んでも、目はいっこうに治る気配がない。久右衛門は目医者を呼んで、目を調べさせたが、医者は様子を見るしかないといっただけだった。気休めに薬を出されたが、そんなもので目が治るとは思っていなかった。

怖いのはこれ以上目が見えなくなることだ。いまは、ひとりでなんとか歩くことはできるが、まったく見えなくなったときのことを考えると、不安でしかたなかった。

しかし、最近はその不安や恐怖にも慣れてきている自分にも気づいている。天井を見つめるおようの頭には、そんなことより、夕餉のときに母親からいわれたことがあった。

母は子が出来たのではないかといった。おようはあのとき、はっとなった。同時にいろんなことが頭のなかを駆けめぐった。

こんなときに孕《はら》んでしまったら困るというのが一番だった。もし、そうだったら生まれてくる子は父《てて》なし子になる。子供は自分で育てなければならない。

生計はどうしよう？　目の不自由な自分に子育てができるだろうか？　生まれてきたら、きっと不憫《ふびん》な思いをさせることになる。

（まちがい。きっとまちがいに決まっている）

おようは胸の内で否定して、暑さのせいで気分が悪くなっただけだと自分にいい聞かせた。そうでなければ困るのだ。

だが、その一方には小さな望みを捨てきれない自分がいた。

それは、久右衛門に長く仕えている中間の行蔵の言葉だった。

――旦那様は気紛《きまぐ》れなところがありますから。きっと、迎えに行ってこいとわたしにおっしゃいますよ。ですから、気を落とさないで様子を見てください。

離縁をいいわたされて屋敷を出る際、行蔵はそんなことをこんこんといってくれた。あのときは衝撃が大きすぎて、単なる気休めだと思っていた。

しかし、実家に帰ってきていろいろと久右衛門のことを考えると、行蔵のいったことをまったくの気休めだとは思えなくなった。

――わたしに子が出来ないからでしょうか？

屋敷を出る朝、久右衛門に訊ねたが、

――そういうことではない。

といわれた。

――いったいわたしの何がいけないのです。何かわたしが粗相でもいたしましたか。目が不自由になったからでしょうか。離縁されるなら、そのわけをいってくださいませ。

およう はめずらしく気丈になって、久右衛門をにらむように見た。しかし、久右衛門は重々しい痛みに耐えるような顔で唇を噛み、

——堪えてくれ。わたしが悪いのだ。あとのことはちゃんとする。

と、か弱くかぶりを振るだけだった。

そのとき真っ先に思ったのが、もしや女ができたのではないかということだった。結婚して二年もたつのに子のできない自分である。跡取りをほしがっている久右衛門は、そのことをいいだせなかったのかもしれない。

(それにしても前の晩に、あのように激しく抱いてもらったのに……)

天井を見つめるおようは、男とはそういうものなのだろうかと考えた。

(そうだ)

久右衛門は、あとのことはちゃんとするといった。あれはいったいどういう意味だったのだろうか？　いまになってそのことが疑問に思えた。

(あー、だめだめ)

およう は枕につけている頭を左右に振った。

いまさら、久右衛門に未練を残してはいけない。大切なのはこれから先のことだ

と思いなおした。そんなことを考えながら、我知らず自分の腹のあたりをさすっているいることに気づいた。

六

今日も暑い日であった。

「夕立でもありゃ、少しは涼しくなるんだが……」

その日最後の客のいった言葉に、伝次郎はまったくだと思った。

新大橋東詰の元町河岸で客をおろすと、そのまま芝翫河岸に猪牙を向けた。

傾いた日が、猛々《たけだけ》しく聳えている入道雲を赤く染めていた。仕事をあがるには早かったが、今夜は久右衛門に会うことになっている。

しかも、会うのはその辺の料理屋ではない。汗臭い体では店にも久右衛門にも申しわけない。自宅長屋に帰ると、そのまま湯屋に行き、汗を流し、髪を整えた。

湯屋を出たときには、日射しは衰えており、町屋は夕暮れの色に染まっていた。

棒縞木綿を着流し、大小を手にして長屋を出た伝次郎は徒歩で柳橋に向かった。

昼間の暑さはやわらいではいるが、通りには地熱がこもっていた。いくらも歩かないうちに、汗をかいた。

（これでは風呂に入ったのが無駄になる）

内心でぼやく伝次郎は町屋から武家地を抜け、大川沿いの道に出た。大橋の下に幾艘《そう》もの舟が浮かんでいた。船着場から川中へ進む舟もある。

今夜は花火があるのだ。

大橋をわたり、両国広小路に入ったときに人波とぶつかった。花火見物の客が大川端をめざしているのだった。

「あい雲屋」に行くと、すでに久右衛門が小部屋で待っていた。

「ここなら気兼ねすることなく話ができる」

軽く挨拶を交わしたあとで、久右衛門がいった。

開け放された縁側から大川を見ることはできなかったが、手入れの行き届いた庭があった。火の入った灯籠のあかりが、赤い石榴《ざくろ》の花を浮かびあがらせている。

酒肴《しゅこう》が手際《てぎわ》よく運ばれてきて、膳部が調《ととの》うと、二人は酌をしあった。

「何から話せばよいか……」

伝次郎は戸惑いを隠さずにいった。

「まあ、ぼちぼちでよかろう。積もる話は山とあるはずだ。だが、気になっているのだが、おまえのその髪はいかがしたのだ。町方とあろうものが、総髪に結っているとは……まさか、隠密《おんみつ》廻りにでも……」

久右衛門は元町奉行所同心の次男坊であるから、奉行所の知識は少なくない。

「そうではない」

「御番所で好きな身なりでいられるのは隠密廻りぐらいだろう。隠さずともよい。それとも役目柄いえぬことか」

久右衛門は真摯《しんし》な目を向けてくる。伝次郎は躊躇《ためら》いながら、久右衛門を見、酒に口をつけ、刺身をつまんだ。

「ま、よい。役目柄おれにもいえぬことはあるはずだ。妻女は息災であるか?」

「……いや」

伝次郎は、なんとも初《しょ》っ端《ぱな》から苦い話になったと思った。

「まさか、独《ひと》り身《み》ではあるまい?」

「いや、ひとりだ」

久右衛門は盃を宙に浮かしたまま驚いたような目をした。

「わけがあってな。……いや、もうおぬしだからいってしまう。じつは妻も子も殺されたのだ」

「なに……」

額にしわを走らせた久右衛門に、伝次郎はことの顚末をつつみ隠さず話した。

「何ともやるせないことに……いや、それは悲運であったな。それで津久間戒蔵はどうなった？」

「行方知れずだ。だが、おれは仇を討つまでは、やつを許しはしない。そうでなければ、死んだ者たちが浮かばれぬ」

「まさかそのために町方をやめて、船頭になっているというのではなかろうな」

「それもあるが、いろいろ込み入ったこともある。その辺は深く聞かないでくれ」

久右衛門は伝次郎を正面から見てくる。

ゆるやかに吹き込んできた風が燭台《しょくだい》の炎を揺らし、壁に映っている二人の影が動いた。

「苦労しているのだな」

「傍目《はため》ほどではない。それよりおぬしのほうはどうなのだ？」

今度は久右衛門が顔を曇らせた。すでに大まかなことを知っている伝次郎ではあるが、久右衛門自身の口からことの真偽《しんぎ》を聞きたかった。

「おぬしだから、正直に話そう」

久右衛門は盃に落としていた視線をゆっくりあげた。

「おれも妻を亡くしている。さいわい子はなかったが……」

「……………」

「鈴森家存続のためにおれは養子に入ったのだが、このままではよくないと思った。それに徒組頭としての体面もある。跡取りがいるのは当然のことだ。だから後添いをもらった。年の離れた町屋の娘であるが……」

「どこの女だ？」

わざとらしいが、あえて訊ねて言葉をついだ。

「町屋の女だったら、知っているかもしれぬ。伊達《だて》に御番所勤めをしたのではないからな。もっとも、そうそう偶然はなかろうが……」

「八丁堀とは目と鼻の先ではあるが、霊岸島で八百屋を営んでいた清七という男の娘だ。およういってな……」

「知っているぞ」

盃に手をのばした久右衛門の顔が、さっと振りあげられた。

「数日前も偶然会ったばかりだ」

伝次郎はおようの父・清七が付け火の嫌疑を受け、その疑いを晴らしてやったことを話した。

「あのおようが、おぬしの……いや、そうであったか」

「数日前に会ったといったが、どうであった？」

「どう……おれも会ったのは五年ぶりぐらいであろうが、目を悪くしているようだな」

「…………」

「どこに嫁いだとか、そんな話はしなかったが、おれがよく知っているのは穢《けが》れなき乙女のころだ。純真で親思い、それに町でも評判の器量よしだった。目が悪いと知ったときは、なんともやり切れない気持ちになったものだ」

「…………」

伝次郎はうつむいている久右衛門を、ちらりと見やって、

「実家に帰っているようだが、今度はおようの酌で一献やりたいものだ」

と、盃をほした。

「かなわぬことかもしれぬ」

つぶやくようにいった久右衛門の表情が変わっていた。深刻な影を眉間のしわに彫り、思いつめたように口を引き結び、それから口を開いた。

「あれには離縁を申しつけた。だが、それは故あってのことだ。おようが悪いのではない。このことかまえて他言無用《たごんむよう》だが、おれはある男を斬るつもりだ。いや斬らねばならぬだろう。そうでなければ、武士として立つ瀬がない。堪忍袋の緒は切れかかっている」

「………」

「だが、刃傷に及べばおれの未来はない。養子に来て鈴森家の家督を継いだが、おれの代で終わりだ。さようなことになれば、おようにも累が及ぶ。その前に離縁をいいわたしたのだ。そんなことがあるので、子ができなかったのはさいわいだった」

「斬りたいというのは……」

久右衛門は新見新五郎という同じ徒組の組頭だといった。

「おれは十二番組だが、新見は十一番組だ。互いに競《きそ》い合っている組同士であるが、新見は何かと難癖をつけてくる。組頭としての寛大さも、鷹揚《おうよう》さもない。重箱《じゅうばこ》の隅をつつくようなへそ曲がりだ。やつの下にいる組衆も煙たがっているというが、めったなことはいえない。それにやつは試衛館《しえいかん》に通って免許を取った男だ」

久右衛門は酒を手酌して、一息であおった。

そのとき、表からドーンと腹にひびく音が聞こえてきた。花火が打ちあげられたようだ。かすかだが、部屋前の庭が明るくなった。群衆の喚声《かんせい》も聞こえてきた。

そんなことにはかまわず久右衛門は話をつづけた。

「周囲に疎ましく思われ、上役を煩《わずら》わせるような面倒な男。おまけにおれを目の敵にしているらしく、些細なことを大袈裟に取りあげよって……」

吐き捨てるようにいった久右衛門は、目を血走らせ、盃が潰《つぶ》れるのではないかと思うほどにぎりしめた。

「とにかく、いやな野郎だ。徒組の風紀を乱している元凶に他ならぬ」

伝次郎は静かに盃を膳に置いた。

「相手に非がなければ、おぬしはただの罪人になってしまうのではないか。関わらなければよいのではないか」

「容易《たやす》くいうなッ。おれにも侍としての心ばえはあるのだ」

「……勝てる見込みは？」

「おそらく、ない。だが、刺し違えるつもりだ」

伝次郎は小さなため息をついた。久右衛門の顔にときおり刷《は》かれる苦悩の色の意味がようやくわかった。

「久右衛門、早まったことは控えたがよい。よくよく話し合ってみてはどうだ」

「話し合いなど甲斐《かい》なきこと……」

「では、腹をくっているというか」

久右衛門は挑むような目を向けてきた。

「おぬしの一途さは子供のころと変わっておらぬな。だが、おれはやめてもらいたい。刻《とき》が解決するということもある」

「あの男の人格は死ぬまで変わらぬさ」

表では花火の音がしていた。だが、二人の耳にはそんな音など聞こえていなかった。

「どうしてもやると……」

久右衛門は力強くうなずいた。

伝次郎は庭に目を向け、石榴《ざくろ》の花を見つめた。蚊遣りの煙が風に散った。

「久右衛門、そのときはおれに知らせてくれぬか」

伝次郎の申し出に、久右衛門は無言のまま眉根《まゆね》をよせた。

「どっちに転んでも見届け人はいるはずだ。おれにやらせてくれぬか」

久右衛門はなおも無言を保った。しかし、それは長くなく、

「……わかった。そのときは知らせることにする」

と、小さくつぶやいた。

「おれの舟は小名木川の芝翫河岸に置いてある。住まいもその近くだ」

「相わかった」

「忘れるでないぞ」

「ああ、忘れるものか。……久しぶりに会ったというのに、気分の悪い話を聞かせ

てしまった。伝次郎、飲もう」

　久右衛門が銚子を差しだした。

七

「熱い茶をくれ」

　久右衛門は屋敷に帰るなり、行蔵にいいつけた。昼間は通いの下女が飯の支度や洗濯などをしてくれるが、夜の世話は住み込みの行蔵の掛《かかり》だった。

　伝次郎と別れたあと、まっすぐ帰ってきたが、酒量のわりには酔っていなかった。帰ってくる道すがら、胸の内の悩みを伝次郎にあかしたことを後悔したが、その分気持ちが軽くなっていた。それに見届け人を買って出てくれた伝次郎に感謝してもいた。

（やはり、やつは生涯《しょうがい》の友であった）

　そう思わずにはいられない。

　運ばれてきた茶に口をつけると、

「旦那様、ご新造様のことはこのまま放っておいてよろしいんで……」

と、行蔵が心配そうな顔をする。

「よろしいもなにも、おれは離縁したのだ。もっともまだ大っぴらにはしておらぬが……」

「ほんとうは戻って来てもらいたいのではございませんか」

行蔵は人の心を探るような目を向けてくる。

「いまならまだ間に合います。旦那様が迎えに行けとおっしゃれば、わたしはいまからでもすぐ……」

「黙れッ。おれがそれほど未練がましい男に見えるか」

行蔵は肩をすぼめて小さくなった。

「差し出がましいことを申しました」

そういうと、すごすごと居間のほうに戻っていった。

それと入れ替わるように、

「夜分に失礼いたしまする」

と、わめくようにいって家に飛び込んできた男がいた。組下の佐々木という若い男だった。

「鈴森さん、勘弁ならぬことがあります。拙者は悔《くや》しゅうて、悔しゅうて……」

佐々木は式台に手をつき、赤い目を久右衛門に向けてきた。

「いったいなんだ?」

「あがってよろしゅうございますか?」

久右衛門がかまわぬというと、佐々木はよろけるようにしてやってきた。酔っているのだ。そのまま膝から落ちるように、久右衛門の前に座り、

「先ほど新見さんに会ったのですが……いえ、たまたま同じ料理屋でして、それも席が近かったのです」

という。

久右衛門は新見の名を聞いて、顔をしかめた。

「なにがあった?」

「酒の席とはいえ、あんまりでございます。酔った勢いで斬りつけてやろうかと思いもしましたが、仲間が堪《こら》えろ堪えろと申すので……それでも我慢なりません」

「何かいわれたか?」

「はい。組頭のことをあしざまに、鈴森は石女《うまずめ》しかもらえぬ気の毒なやつだとか、うまく養子に入った運のいいやつだが、人の運もそこまで止まりだろうなどといって、馬鹿にした笑いをするのです。拙者は二人の仲間と飲んでいましたが、まずい酒になりました」

「他にもいわれたというのか？」

久右衛門はすっかり酔いの醒《さ》めた顔になっていた。

「こんなことは申したくないのですが、もう我慢できません。鈴森さんのいないところでの悪口にもほどがあります」

新見はこういったそうだ。

――嫁を取ってこれまで子ができぬというのは、鈴森は種なしかもしれぬな。わははは。それとも石女に縁があるのかもしれぬ。死んだ妻が石女なら後添いも石女ということであろう。気の毒なやつよ。

新見は聞こえよがしにしゃべったという。

「石女と申したか……おれのことを種なしとも……」

久右衛門はギリギリと奥歯を噛んだ。

「こんなことは耳に入れてはならないと思ったのですが、あまりにも腹が立ち、どうすることもできずに……あの人はひどすぎます」

佐々木は感情が高ぶったのか、目に涙さえ浮かべる。

「よくぞ教えてくれた」

「お腹立ちなのはわかりますが、拙者も、いえ、組衆はみな新見さんに腹を立てております。何かあったら拙者らは組頭の味方ですから、意見されるなら拙者らもいっしょに意見をさせてください。あの人の鼻をへし折ってやりたいんです」

「頼もしき言葉。ありがたく頂戴する。だが、おまえたちの騒ぐことではない。これはおれのことだ。明日からはなにもなかったような顔をしておれ。増上慢《ぞうじょうまん》を相手にしても詮無いことだ」

「それにしても……」

「よいから放っておけ」

そういった久右衛門ではあったが、そのじつ、腸《はらわた》が煮えくり返っていた。

茶を飲みほすと、双眸《そうぼう》を厳しくして宙の一点を凝視した。

ドーンとひびく花火の音が、夜空に吸い込まれていった。

第四章　夾竹桃《きようちくとう》

一

十吉は一ツ日之橋に近い竹河岸で暇をつぶしていた。大きな柳が高く昇った日の光を遮《さえぎ》っている。背後にある弁天社の境内からやかましい蝉の声がわいていた。

「あの野郎……」

遅いなと思って河岸道を眺めたそのとき、せかせかした足取りで文太がやってきた。十吉と目が合うと、表情をかたくして、生つばを呑んだ。

「てめえ、遅れやがって。おれは三日だといったはずだ」

十吉は地面にペッとつばを吐いて、文太をにらんだ。

「すいません」

「まさかできなかったというんじゃねえだろうな」

「いえ、どうにか……」

文太は懐から巾着《きんちゃく》を取りだして、十吉にわたした。

「ちゃんと十両入っています。これで勘弁してください。見つかったらどうなるかわかりません。うちの親父が怒るとおっかないんです」

「まさか、このこと親父にいうってんじゃないだろうな」

「いえ、それは決して……」

文太はぶるぶると首を振った。

「……まあいい。よくこさえてくれた。礼をいうぜ」

「それじゃ、これで許してもらえるんですね」

文太はおどおどした目で十吉を見た。

「ああ、おれもそんなあくどいことはしねえさ。おめえとは長い付き合いだからよ。これから源七親分の家に行くが、おめえもついてきな」

「そ、それができないんです。店の手伝いをしないとまずいんで。それに金を誤魔化してきたばかりなんで、おれが店にいないと疑われますから……」

十吉は晴れわたった空を見あげて、唇をなめた。じっと動かない雲が浮かんでいた。

「しゃあねえな。じゃあ、てめえは戻って真面目に仕事することだ」

「へえ、すいません。それじゃ……」

文太はぺこぺこ頭を下げると、逃げるように来た道を戻っていった。それを見送った十吉は巾着のなかをあらためた。一分や一朱といった金がジャラジャラ入っていた。それを人に見られないように、柳の下で数えた。ちゃんと十両あった。

本所の源七は、北本所番場町《ばんばちょう》に住んでいる。この時刻だとまだ寝ているだろうが、十吉は早速訪ねることにした。

大川沿いの道は暑苦しそうだと思い、御竹蔵《おたけぐら》の東側の道を拾っていった。頭のなかには伝次郎への復讐《ふくしゅう》しかなかった。寝ても覚めても、真っ先に浮かんでくるのは、仲間の前で恥をかかせた伝次郎という男のことばかりだった。

(勘弁ならねえんだよ！　おれはよ！)

歩きながらも腹のなかで怒りが爆発しそうだ。

武家地を抜けて北番場町に入った十吉は、まっすぐ源七の長屋を訪ねた。二階建ての家で、一階には四畳半の二間があった。

「起きてましたか？」

開け放されている戸口に立つと、源七が茶漬けを食っているところだった。

「こう暑くっちゃいつまでも寝てられねえだろう」

源七はずるずると茶漬けをすすり込んで、湯呑みに入っていた麦湯をあおった。そばにいたひとりの子分が片づけをはじめる。

「何の用だ？　例のことだったら金がねえと受けあえねえぜ」

源七が煙管をつかみ取って、十吉を見る。禿頭に汗が浮かんでいる。赤鬼のような形相《ぎようそう》だから町の者は、道で行きあっても目を合わせようとしない。

「金ならあります」

煙管に刻《きざ》みを詰めていた源七の手が止まった。台所にいた子分が十吉を振り返った。

「ほんとうかい」

「受け取ってください」

十吉は十両の入った巾着を源七にわたした。

「その代わりちゃんとやってくださいよ。きっちり仇を取ってもらいてえんです」

源七はふふっと短く笑って、首を振った。

「てめえは執念深い野郎だ。そんなに悔しい思いをしたか」

「どんなひでえ目にあったか話したじゃありませんか。恥をかかされたまま引っ込んではいられませんよ。おれは親分の子分ですぜ。その子分が泣かされたんです。ねえ親分、お願いしますよ」

「てめえを子分にしたつもりはねえが、まあそこまでいうんなら請け合おうじゃねえか。それで伝次郎ってやつのことはわかってんだろうな」

「船宿の世話にはなっていない船頭です。舟は芝翫河岸につけていやす」

「ふん、船頭か……。てめえが脅した野郎も船頭だったな」

「やつは川政という船宿の船頭です。あんな小僧なんかどうでもいいです」

「それじゃ伝次郎は川政の人間じゃねえってことか……」

「そうです。常盤町一丁目の長屋住まいです」

「家もわかっているのか」

「相手のことは調べておかなきゃならねえと思いまして」

「感心なことだ。だが、おれが手を出すようなタマじゃねえな。船頭をいじめたって高《たか》が知れている」

金にはならねえだろうと、源七は煙管を吹かす。

片手で団扇をあおぎ、大きく広げた胸元に風を送った。顔は赤いが、肌は白かった。その胸にはもじゃもじゃと毛が生えていた。

「親分がやらないで、だれがやるんです？」

十吉は上がり框に腰をおろした。すると、源七は二階に目をやった。二階には段《だん》梯子《ばしご》をかけてある。

「いたぶってやりゃ、おめえの気はすむんだな」

「殺してもらいてえところですが、そんなことすりゃあとがまずいでしょうから、たっぷり痛めつけてもらえりゃ……腕の一本ぐらいへし折ってくれませんか……」

「てめえは相当の悪党だ。あきれたやつだ。しゃあねえ、おれも金をもらった手前黙ってるわけにはいかねえな。金造《かねぞう》、杉岡《すぎおか》さんを起こしてこい」

源七が台所にいる子分にいったとき、

「それには及ばぬ」

といって、段梯子をおりてきた男がいた。

侍だ。白地の井桁絣《いげたがすり》を着流している。

「杉岡鉄三郎《てつさぶろう》さんだ。うちのだいじな客人だ。こっちは十吉といいやして、おれの子分のような野郎です」

源七が紹介すると、杉岡が冷たい視線を十吉に向けた。十吉はぺこりと頭をさげて、杉岡を見返した。頬が削《そ》げ、どす黒い顔をしていた。客ということは、食客《しょっかく》なのだろうと、十吉は思った。

「昨夜、こいつのことはちらりと話しましたが、覚えていますか？」

源七は煙管を煙草盆に打ちつけて杉岡を見た。

「船頭にいたぶられたって話か……」

杉岡は意にも介さない顔だ。金造から受け取った麦湯を、喉を鳴らして飲んだ。

「その件ですがね、こいつが金を都合してきたんで、ちょいと動いてもらえますか。なに、脅してやりゃすむことです」

「杉岡さん、片腕ぐらい斬り落としてください」

身を乗りだすようにしていった十吉に、杉岡が冷めた目を向けてきた。

「片腕を……。物騒なことをいいやがる。だが、親分の頼みだ。詳しく話を聞こう。これへまいれ」

杉岡にうながされた十吉は、座敷にあがり込んで、ことの顚末《てんまつ》を自分の都合いいように話した。

二

早めに午前中の仕事を切りあげた伝次郎は、千草の店で昼餉を食べていた。

玉子焼きに鱸《すずき》の凝《こご》りがおかずだった。凝りに入っているのは鱸だけではない。椎茸《しいたけ》に海老、それに青い獅子唐《ししとう》が色味として入っているが、寒天《かんてん》を加えたとろみがついていた。

「船頭も大変ね。日陰のない川で仕事しなきゃならないんだから……」

そういうのは、上がり口に腰掛けて、団扇をあおぎながら伝次郎に風を送っているお幸だった。他に客がいないので、気を利かせているのだ。

「ところが、川風は意外と冷たくて気持ちいいものだ」

「それは大川でしょう。小名木川とか他の小さな川は暑いんじゃなくて……」

「たしかに……」

「やっぱり大変よね。伝次郎さんの半纏には塩が吹いているし……」

「暑い暑いといっていたら仕事にならんだろう。ごちそうさん」

伝次郎は箸を置いて、麦湯に口をつけた。

「ま、そりゃそうですね」

お幸はぷいっと空を向いている小鼻を動かして、片づけにかかった。入れ替わるように千草がやってきて、

「冷や水持っていって」

と、竹筒を差しだしてくれた。それに半紙にくるんだ塩もつけられている。

「ありがたい」

「暑さで倒れるような人ではないでしょうけど、日射しがきついから……」

「すまん」

伝次郎が竹筒と塩を押しいただくと、千草がにっこり微笑む。伝次郎はからみつ

くような視線を受け流すようにして腰をあげた。

「今夜、お見えになる？」

「何もなければ来よう」

「では、いらして……鰻《うなぎ》を仕入れるつもりですから」

「ほう、鰻か。そりゃあ精がつきそうだ」

「お酒の肴にもなります」

「では楽しみだ。凝りはうまかった」

その言葉に、千草はやわらかな笑みを浮かべた。汗ばんだ色白の肌が、表の光を照り返していた。

炎天下に出た伝次郎は、首筋の汗をぬぐって芝翫河岸に向かった。たしかに、お幸がいうように大川以外は暑かった。風があれば救われるが、そうでなければ河岸道の熱気まで舟に伝わってくるからたまらない。

風……。

立ち止まってまわりを見たが、風はそよとも吹いていなかった。商家の軒先にある夾竹桃がしおれていた。猫も暑さにまいったように日陰で寝そべっている。

舟に戻って棹をつかんだとき、「待ってくれ」といいながら政五郎がやってきた。

「どうしました？」

伝次郎は菅笠を手にしたまま政五郎を見た。

「例の本所のやくざのことだ」

「……」

「ほら、おまえが懲らしめてやった与太公が口にした、本所の源七とかっていうやつだ」

「ああ……」

伝次郎はすっかりそのことを忘れていた。

「気になるからちょいと調べてみたんだ。たいした縄張りもないけちなやくざだ。博奕《ばくち》と強請《ゆすり》をしのぎにしているらしいが、それほど売れた顔じゃない。蛸入道《たこにゅうどう》のような禿らしいので、見た目はいかにも怖そうらしいが……」

「わざわざ調べてくだすったんで……」

「調べたといや大袈裟だが、ちょいと知り合いの親分に会ったんで聞いたまでだ」

政五郎は目の前を飛び交う蝿を手で払ってつづけた。

「十吉という与太が始末に負えねえ悪だったら、その源七が出てくるってこともある。そんときゃ、遠慮なくおれに声かけてくれ」

「気を使ってもらい申しわけないです」

「なに、相身互いだ」

政五郎は口の端に笑みを浮かべる。

「気をつけて行ってきな」

「へえ」

伝次郎は舟を出した。

大川に向かいながら政五郎のことを思った。

（……いい男だ）

船頭の師匠だった嘉兵衛にはひとかたならぬ恩義を感じているが、政五郎にも似たような感情があった。政五郎の仕事を手伝うことはあっても、それは年に幾度もない。それなのに、すっかり身内のようにもてなしてくれる。芝翫河岸を離れない理由のひとつに、政五郎の存在があるのはたしかだった。

そしてもうひとつあるとすれば……。

伝次郎の脳裏に、千草の細面が浮かんだ。だが、すぐに打ち消すように首を振った。

（おれには過ぎた女だ）

胸中でつぶやき、妻子の仇を討つまでは邪心を払い、自らを律しなければならないと、かたいことを思うのであった。そんな自分が、ときにいやにはなるが……。

午後からは暇だった。二組の客を取っただけで、日はあっという間に傾きはじめていた。それでも町屋には長い影がのびるだけで、夏の日は落ちそうで落ちない。

そんなころ、薬研堀《やげんぼり》で客を拾った。新川に行ってくれという。あまり気乗りしない場所ではあるが断ることはできない。

新川は八丁堀に近いので、町方の姿が少なくない。見廻りの同心もいるだろうし、非番のものがうろついていたりする。そんなものたちとはあまり顔を合わせたくない。

もっとも菅笠を目深に被った伝次郎に気づくものはいないだろうが、油断はならなかった。薬研堀の客は、新川の中ほどにある二ノ橋そばでおりた。

伝次郎は額の汗をぬぐい、舟を返したが、一ノ橋のそばに来て、舟を操っている手を止めた。およようが橋の上に立っていたのだ。沈みゆく夕日を眺めているようである。

やり過ごそうと思ったが、伝次郎は河岸場に舟をよせて陸《おか》にあがると、一ノ橋に向かった。およう は欄干に手をつき、遠くを見ていた。その顔は夕日に染まっていて、傍目《はため》には決して目の不自由な女には見えない。

橋を行き交うものたちが、ちらちらとそんなおようを盗み見ていた。

「およう……」

伝次郎が声をかけると、おようは体ごと顔を向けてきた。それから人を観察するような目で、伝次郎の体に視線を這《は》わせた。

「沢村だ」

伝次郎がそういうと、おようの目がはっと驚いたように見開かれた。

三

「見廻りですか……」

およう は首をかしげながら訊ねる。

「うむ」

伝次郎はどう答えればよいか迷い、

「もし、よかったら少し話ができぬか」

と、武士言葉になって訊ねた。おようは、かまわないと応じた。

そのまま近くの茶店に行き、同じ長床几に腰をおろした。西日を避けて葦簀《よしず》の陰に座ったが、細い隙間を通してくる日の光が、二人の顔に縞を作っていた。

葦簀には朝顔の蔓《つる》が張りついていた。

「他言されては困るが、おれはもう町方ではないのだ」

伝次郎の告白に、おようはすっかり驚いた顔をしたが、

「どうもおかしいと思っていたのです。先日もそうでしたが、今日もなんとなく身なりがちがいますから……でも、なぜ？」

と、小首をかしげた。

「詳しいことはいえぬが、わけあってのことだ。深く聞かないでくれ」

「……なんと申したらよいのでしょうか。……では、沢村様はいまは？」

「船頭をやっている」

「船頭……」

　おようは長い睫毛《まつげ》を動かして、目をしばたたいた。

「機会があったら話せることもあろう。それよりもまだ帰らずともよいのか。久右衛門が待っているのではないか」

　ずばりというと、おようはさらに驚いた顔をした。

「なぜ、そのことを……」

「まさかとは思ったが、そなたの夫はおれの幼馴染みだ。同じ町方の子であるからな」

「そうでございましたね」

　伝次郎は麦湯に口をつけて、通りを眺めた。おようは何を話していいかわからない顔をしている。それともつぎの言葉を選んでいるのか……。

「じつは久右衛門に会ったのだ。そなたに暇を出して実家に帰しているといった」

　さっと、おようの顔が振り向けられた。

「……そうおっしゃったのですか？」

「うむ。そういっていた」

「あの……他には？」

「なにも」

　およウは唇を引き結んで、しばらく足許を見つめた。

「後添いだそうだな」

「はい。でも、とても大事にしてもらっています」

「なによりだ。して、いつまで親許にいるつもりだ。久右衛門もそなたがいないと何かと不便だと思うが……」

　白々しい言葉だが、伝次郎はおようを久右衛門のもとに帰したいと思っていた。そうすれば、久右衛門の気持ちも変わるかもしれない。久右衛門の気持ちもわからなくはないが、堪えることで解決することもある。

　これが知らない仲だったら、なにも思わないかもしれないが、久右衛門は別である。それに、おようのことも少なからず知っている。

　二人には安泰であってほしいと、伝次郎は切《せつ》に願っている。

「あの……」

ふいにおようが顔を向けてきた。伝次郎は静かに見返した。

「舟はそばにあるのですね。もしよかったら乗せていただけませんか?」

「どこへ?」

「和泉橋までです」

「屋敷に帰るか……」

「曲げてお願いしたいのですが……」

伝次郎はおようの目に執着の色を見た。罪作りな男だと久右衛門のことを思う。

「よかろう」

伝次郎はおようを舟に乗せると、夕日にきらめく大川をゆっくり上った。ぎっしと櫂が軋《きし》みをあげ、波をかきわけてゆく。

中洲《なかす》から飛び立った鰺刺《あじさし》の群れが海に向かっていった。その中洲の波打ち際に尾《お》長《なが》が取り残されたように佇《たたず》んでいた。

「この間も表に立っていたな。誰かを待っているようにも見えたが……」

伝次郎はお互いの沈黙を破るように訊ねた。

「行蔵という中間がおります。もしや、やってくるのではないかと思い……」

伝次郎はあの男のことかと行蔵の顔を思い浮かべた。行蔵を待つということは、久右衛門の迎えを待っているのと同じである。

おようは久右衛門に未練があるのだ。

神田川に入り、和泉橋たもとの河岸に舟をつけると、そのまま徒組の屋敷地に足を向けた。おようは無駄口をたたかず、用心深そうに歩く。舟の乗り降りの際に、伝次郎は手を貸したが、そのときのやわらかなおようの手の感触があった。

(やさしい女だ)

と、手のやわらかさを感じて思う。

歩くうちに日が翳《かげ》ってきた。おようは暗くなると、視力が落ちるらしく、伝次郎を少し前に立たせた。

「申しわけありません。こうすれば安心して歩けるのです」

伝次郎はときどき、おようを振り返った。つまずきはしないだろうかと気が気でない。

やがて徒組の大縄地に入ったが、およう の足に迷いはなかった。そして、久右衛門の屋敷が近くなって足を止めた。もう屋敷は目と鼻の先だった。

「いかがした？」

「いいえ、もう結構でございます。ここから先へは……」

おようは、突然、泣きそうな顔になった。声を詰まらせ、引き返すといって唇を引き結んだ。その目に涙の膜が張っていた。

「なぜ、行かない。自分の家ではないか」

いいえといって、おようはかぶりを振る。

「わたしは……もう、敷居をまたいではならないのです」

およその目からこぼれた涙が頬をつたった。

「そんな……」

「無理なことをいって申しわけありませんでした。わたしは離縁されたのです」

「しかと……」

すでに知っていることではあったが、伝次郎は胸が苦しくなった。なにゆえ、こんな不幸な目にあわなければならぬのだと、久右衛門を恨みたくなった。

「……わかった」

伝次郎はそっとおようの肩に手をかけて、きた道を引き返した。

舟に乗り込んだときには、夕靄が漂っていた。

「久右衛門は子供のころから気紛《きまぐ》れなところがあった。口が滑ったのかもしれぬ。

久右衛門の言葉を真に受けず、帰る道もあるはずだ」

伝次郎はおようを舟に乗せたあとでいった。

「………」

「よいのだな」

念を押すように聞くと、おようはうなずいた。

伝次郎はしかたなく棹を手にした。そのときだった。おようが突然、うずくまるように体を曲げて、苦しそうに嘔吐《おうと》しようとしたのだ。

「大丈夫か？　どうしたのだ」

背後から細い肩に手をかけると、おようが涙目を向けてきた。小さく、大丈夫ですといったが、また胃のなかのものを苦しそうに吐こうとする。この兆候に伝次郎は、

「もしや、そなたは……」

と、眉宇《びう》をひそめて、おようの背中をさすった。

四

勤めから帰ってきた久右衛門は、奥座敷の縁側でさっきからまんじりともせず、庭先にある夾竹桃の花を眺めていた。

紅色の花は先ほど降った短い通り雨に濡れていた。

おようはこの花を好んでいた。嫁に来てほどないころ、香りがいいと、花のそばに顔を近づけて、

「ああ、なんと麗《うるわ》しい花でしょう。ようはこの花が好きです」

微笑んで振り返ったが、久右衛門は夾竹桃より、おようのほうがよほど麗しいと思った。

しかしながら、胸中で因果なものだと思いもした。

夾竹桃は死んだ妻が選んで植えたのだった。その木が育ち、立派な花が咲くと、後添いに入ったおようが気に入ってくれた。

「む……」

久右衛門は口を引き結んで、空を見あげた。蝉の声がわいている。

今日も新見新五郎には会えなかった。妻を馬鹿にし、この自分のことを陰で誹《そし》っている新見のことはこれ以上許せない。

亡妻とおようのことを石女といい、自分のことを種なしと蔑《さげす》むようにいった男。酒の席であったというから、酔って口が滑ったのかもしれないが、そうは思えない。相手は新見である。明らかな侮蔑《ぶべつ》と敵意を感じる。

これ以上の侮辱は許されない。意見をしたときに頭を下げてくれるなら、ぐっと堪えて溜飲《りゅういん》を下げてやろうと思っているのだが……。

久右衛門には、もし新見新五郎が謝罪をしてくれれば、そのときはおようを迎えに行くという気持ちがあった。むろん、それはかなわぬことだろうと思ってはいるのだが、新見にはもう一度意見する必要がある。

結果次第では、刺し違える覚悟だ。おそらくそうなる公算が大きいと、久右衛門は腹をくくっていた。

しかし、ここ数日、肝腎《かんじん》の新見の姿が見えない。昨日もそうなら今日もそうであった。気になって同輩の組頭に訊ねてみると、病気断りを出して休んでいるという。

（ほう、あんな男でも病気をするのか……）

と久右衛門は思ったが、いまは別のことを考えていた。

人は病にかかれば気弱になり、日頃の行いを省みることがある。

（これは好機かもしれぬ）

久右衛門は、さっきからそう思っていた。こちらが情を見せてやれば、相手の心も動くのではないかと思うのだ。謝罪をしてくれて、態度をあらためてくれれば、無駄な波風を立てることはない。

（それがよいかもしれぬ）

そうなれば、おようを呼び戻すこともできる。いたずらに鈴森家をつぶすようなこともしなくてすむ。

「行蔵、出かけてまいる」

久右衛門がそう告げたのは、空が翳ったころだった。

「遅くなりますか？」

「いや、用事は長くかからぬ」

久右衛門は楽な着流し姿で家を出ると、新見の屋敷に足を向けた。

ところが、新見は自宅にはいなかった。所用があって向柳原にある「生駒《いこま》や」という料理屋に出かけているという。

病に臥《ふ》せっているのではないかと、応対に出てきた中間に訊ねると、

「いいえ、旦那様は元気でございます」

という。

久右衛門は眉をひそめた。新見は偽りの届けを出して、役目を怠っているのだ。これは由々しきことである。同時に、弱味をつかんだぞと、腹の内で思った。

これは千載一遇《せんざいいちぐう》の好機であると思ったのはいうまでもない。

向柳原に足を向けたときには、町屋は宵闇につつまれ、空には月と星が浮かんでいた。日の暮れ前に通り雨があったせいか、いつになく風が涼しかった。

「生駒や」という料理屋は、久右衛門も何度か使ったことがあるので場所はわかっていた。しかし、店に乗り込むのはまずいと考えた。

あの男のことだ。大きな声をだして騒ぐかもしれない。そうなると、さっき新見の自宅を訪ね、中間に会ったのもまずかったかもしれない。

久右衛門は店の前で待つことにした。帰りに声をかけて話をすればよい。いつも

のように理不尽なことをいってきたら、偽りの病気断りをどう考えているのだと、責めることができる。

発覚すれば、新見は咎《とが》を受ける。上役に報告して失墜させることも可能だ。久右衛門は優位に立っていることを自覚した。

店から出てくる新見を待つために、神田川の畔に置いてある縁台に腰をおろして辛抱強く待つことにした。

料理屋のあかりが通りに散じている。楽しげな声や三味《しゃみ》の音《ね》も聞かれる。少なくとも一刻は待つだろうと覚悟していたが、新見新五郎はほどなくして店から出てきた。出勤時とはちがう楽な恰好だが、それでも麻の羽織を着ていた。

久右衛門は目を厳しくして、縁台から立ちあがった。すぐに声をかけようとしたが、ひとりの下僕らしき男がそばに近づいてきて、短く耳打ちをした。新見が小さくうなずくと、男はどこへともなく去っていった。

久右衛門は様子を見るために新見を尾《つ》けることにした。新見は足取りがしっかりしており、酔っているふうではない。

それに向かうのは自宅屋敷とはちがう方角であった。久右衛門は気取《けど》られない距離をおいて尾ける。

新見は神田川沿いの道を東へ進み、昌平橋の近くで立ち止まった。提灯を掲げてあたりを見まわしたので、久右衛門はとっさに柳の陰に隠れた。

息を殺して、そっと柳の陰から顔を戻すと、新見のそばにひとりの男が立っていた。提灯のあかりを下から受けたその顔を見て、久右衛門はわずかに驚いた。

相手は十五番組の徒頭・今中藤兵衛《いまなかとうべえ》だった。久右衛門とはちがい、役高千石のれっきとした旗本である。二人は短く言葉を交わすと、昌平橋をわたり、淡路坂《あわじざか》に向かった。

久右衛門はまわりに注意の目を配りながら尾ける。

と、二人の姿が道をそれて、右の雑木林のなかに消えた。提灯のあかりが樹幹越しに見える。林といってもさほど木が多いわけではない。

櫟《くぬぎ》や欅《けやき》などがまばらに立っており、昼間は子供たちのちょっとした遊び場になる狭い空間がある。二人はそこに立って向かいあった。

久右衛門は息を殺し、足音を忍ばせて近づいた。二人の話し声が聞こえてきた。

「わたしていただきましょうか」

新見がひび割れたような声で何かを請うた。

「わたしてもよいが、こういうことが癖になるとことだ。申し入れは受けられぬ」

今中藤兵衛は断った。

と、一方の木の陰からひとりの男が出てきた。

新見の注意がそっちに向けられ、

「まさか、臭いものに蓋《ふた》をしようという魂胆《こんたん》ではありますまいな」

と、今中に顔を戻す。

「ありもしないことを口にして上役を脅すとは不届千万《ふとどきせんばん》」

「それは慮外《りょがい》な……」

「黙れッ。きさまの指図など受けぬ」

今中は吐き捨てると、そばにいる侍に顎をしゃくった。無言の指図を受けた侍がさらりと大刀を引き抜き、新見に剣尖《けんせん》を向けた。

新見は一歩さがりはしたが、ひるんだ様子はない。刀の柄《つか》に手を添え、

「今中様、わたしを見くびっておられるな……」

と、新見がいったとき、侍が俊敏に動いた。だが、新見の動きも早かった。

両者は互いの立ち位置を変えて、青眼《せいがん》の構えで向かいあった。

じぃじぃと、夜蟬が鳴いた。生ぬるい風が林を抜けてゆく。

先に動いたのは侍のほうだった。突きを送り込んでおいて、袈裟懸けの一刀を新見に見舞った。ところが、新見はその脇をすり抜けて、胴を薙《な》ぎ、残心《ざんしん》を取っていた。

それはまさに一瞬のことであった。ひとつ、ふたつと数える間もなく、侍の体が前に倒れた。

「今中様、気に食いませんな。このような卑劣なことをされるとは、思いもよらぬこと。これでわたしの気持ちは変わりました」

暗がりではあるが、今中の顔が蒼白になっているのがわかった。

久右衛門はそれから二人の交わした言葉を聞いて、驚かずにはいられなかった。

五

久しぶりに大地を潤すまとまった雨が降った。

雨は夜半から降りはじめ、ときに雷をともない、通りにいくつもの水溜まりを作った。その雨があがったのは夕刻であった。

木々の葉は生き返ったように元気を取り戻し、しおれていた朝顔の蔓もつややかに夕日を照り返した。

その日、仕事を休みにした伝次郎は、刀の手入れをしていた。刀身に油を与え、茎《なかご》や目釘《めくぎ》の手入れもやった。

その間、何度も久右衛門とおようのことが脳裏をかすめた。久右衛門は悲壮《ひそう》な考えにとらわれている。このまま放っておいてよいものかどうか、伝次郎は頭を悩ませた。

久右衛門の気持ちはわかる。徒組の組頭として、また一家の主としての矜持《きようじ》もあるだろうが、それ以前に武士の一分《いちぶん》が新見新五郎を許せないのだ。

しかしながら、相手は試衛館で天然理心流《てんねんりしんりゆう》の免許を受けた男。対する久右衛門にはそれだけの腕がない。久右衛門は刺し違える覚悟をしているが、はたしてそれができるかどうか……。

伝次郎は、久右衛門が返り討ちにあうだろうという危惧を払えない。久右衛門の刀は、新見新五郎の体をかすりもしないかもしれない。

心配はそれだけではない。およりのことだ。およりは身ごもっている。腹の子は、久右衛門の子でもある。しかし、久右衛門が死ねば、生まれてくる子は父なし子になる。さらに目の不自由なおようには生計《たつき》がない。

生まれいずる子の苦労は、予想するまでもない。

(そうさせないためには……)

伝次郎は窓の外を見た。雨雲の去った空は、夕焼けに染められていた。

居ても立ってもいられなくなり、棒縞の着物姿のまま自宅長屋を出た。自分の猪牙舟には、雨水がたまっていた。それを掬《すく》いだすと、尻端折りのまま舟を出した。

小名木川から大川に出て、川を上る。雨がやんだので舟の数が増えているようだ。

櫂を操る伝次郎は、ぐいっ、ぐいっと舟を上らせる。

夕日をきらめかせる大川は、雨のせいで水嵩《みずかさ》が増して濁っていた。神田川に乗り入れ、和泉橋そばに舟をつないで、久右衛門宅に向かった。

町屋の屋根は衰えた日の光につつまれ、夕暮れを迎えようとしていた。

久右衛門は自宅でくつろいでいた。中間の行蔵に訪いを告げると、すぐに奥座敷に案内され向かいあった。

「何かあったか？」

先に口を開いたのは久右衛門だった。

「それを聞くのはおれのほうだ。まだ、新見殿に手出しはしておらぬだろうな」

「ふむ……」

久右衛門は視線をそらして表に目を向けた。いつの間にか外は暗くなっている。

夾竹桃の花がうっすらと闇のなかに浮かんでいた。

「おぬしが堪えて、ことをすませるというわけにはいかぬか」

伝次郎は武士言葉になって説得にかかった。

「我慢ならぬというおぬしの気持ちはわからぬでもないが、ここはじっと耐えてみてはどうだ。人生にはそんなときもあるはずだ。差し出がましいことかもしれぬが、そうしてくれぬか」

「刻が解決するというか……この前も同じようなことをいったな」

久右衛門はすうっと腰をあげると、燭台のそばに行き、蠟燭《ろうそく》に火をともした。それから縁側の蚊遣りをつけて、もとの場所に戻ってきた。

「伝次郎……」

久右衛門は片頬に笑みを浮かべた。

「無用の口出しだ。もはやおれの心は変わらぬ」

「おように子ができていればいかがする」

「なに……」

久右衛門は能面顔になった。

「およう は身ごもっている。それに、あの女はいまだおぬしのことを慕《した》っている」

伝次郎は先日、おように請われてこの屋敷近くまで来たことを話した。

「おぬしの跡取りができるのだ。もし、おぬしが果てるようなことになったら、残された子はどうする？　おようは目が悪い。生計はままならぬだろう」

「憮育《ぶいく》の金は用意してある」

「…………」

「だが、まことにおようは身ごもっているのか？」

「たしかだ。おようもそのことを知っていた。おぬしとの間に出来た子だといっている」

久右衛門は視線を宙に彷徨《さまよ》わせた。

「誹謗《ひぼう》されたからといって刀を向けるのは、度が過ぎるかもしれぬ。それに、相手は並の腕ではないはず。返り討ちにあっても文句はいえぬであろう。損すれど、得することはなにもないはずだ。武士としての矜持が許さないのはわかるが、先々のことを考えたら、ここは歯を食いしばって堪えるときではないか」

「そうではないのだ」

久右衛門は扇子を広げてあおいだ。

「新見新五郎は許せぬ奸物《かんぶつ》だ。とんだ悪党だというのがわかった。おれはやつの悪事を知ったのだ」

「なに……」

「やつは上役の不義をつかみ、それを種に脅している。脅す相手は十五番組の徒頭今中藤兵衛様だ」

「今中様はだれと不義を……」

「勘定方《かんじょうがた》の吟味役《ぎんみやく》・香山清左右衛門《かやませいざえもん》様の妻女だ。香山様は出世頭だと評判の高い人物で、いずれ勘定奉行の地位はまちがいないだろうといわれている」

「その妻女と密通している今中様のことを、新見新五郎が知っていると……」

「そういうことだ。さらにやつは偽りの届けを出して役目を怠っている」

「偽りの……」

「病気断りだ。ところがやつは病気などしておらぬ。役目を休み、酒を飲み歩いていたのだ。おれはそれを知り、やつに忠告しようとした。二日前のことだ」

久右衛門はその夜のことを話した。

新見の屋敷を訪ね、その後「生駒や」に行ったときのことである。

「今中様は新見に脅され、金を無心《むしん》されている。それを嫌って、新見を殺そうと腕の立つ男を雇われていた。だが、その男は新見に斬られてしまった。さいわい命は落とさなかったようだが……」

「それでどうするというのだ」

「新見を斬る大義《たいぎ》ができた。やつを斬ることはお上への忠義だ」

「おぬしの非はそれでまぬがれるかもしれぬ。だが、上役の今中様と勘定方の香山様の体面も考えなければならぬだろう」

「よく気のまわるやつだ。たしかにそうだ。不義が発覚すれば、今中様も無事ではすまされない。頭を悩ませていたのはそのことだ。ことが露見すれば香山様も迷惑をこうむる。妻を寝取られたとなれば、出世にも罅《ひび》が入るやもしれぬ」

「そのように思うのであれば、病気断りの不正を糺すことで、新見を落とすことはできるだろう。あとは不問にしておけばよいはずだ」

「そうはいかぬ。今日、今中様に会って話をしたのだ」

今中藤兵衛は、香山清左右衛門の妻女との仲を切りだされると、大いに驚いたらしい。

――ご安心を。わたしはその件につきましては、この胸にたたみ込んでおきます。

久右衛門の言葉に、顔色を失っていた今中は、

――まさか、わたしを脅そうというのでは……。

と声をふるわせた。

――いいえ、新見新五郎といっしょにされては困ります。それに拙者は新見には含むところがあります。今中様がご存じかどうか知りませんが、あの増上慢をこのまま放っておくことはできません。

――どういうことだ。

久右衛門は自分に対する新見の誹謗中傷や、その卑劣なる人柄を話して聞かせた。

——偽りの病気断りで新見を責めることはできますが、新見は今中様への強請を簡単にはやめないでしょう。

——何か存念《ぞんねん》があるのだな。

——新見を斬ります。

今中はかっと目をみはった。

——わたしに与《くみ》してくれるというのか。

——いかにも。

「今中様は香山様の妻女との関係はすでに終わっている。二度と過ちを起こすつもりはないと約束された。新見がいなくなれば、すべてがまるく収まる」

「それでいかような考えが浮かんだ」

伝次郎はじっと久右衛門の顔を見る。

——不正の届けをした新見に注意を与えたところ、それに腹を立てて斬りかかってきた。それでよいのではないか。

「今中様はそう申された。不正を糺そうとしたのに、上役に反抗するのは許し難き所業である。斬られてもいたしかたない」

ようするに新見を斬れば、死人に口なしで、今中藤兵衛にも香山清左右衛門とその妻にも、なんの累も及ばないということである。

「今中様は新見の不正届けの証拠を集めておられる。それが調ったところで、新見と対決するつもりだ」

「今中様の剣の腕は……」

「まあ、おれと同じ程度であろう。だが、こっちは二人だ」

伝次郎は新見新五郎がいかほどの腕であるか知らないが、危ない綱渡りだと思った。相手は免許を持つ男。それ以下のものが立ち合って、はたしてどこまで通用するかわからない。

「無事に新見を倒したら、おようのことはいかがする？」

「連れ戻す」

久右衛門ははっきりといって言葉を足した。

「おようはおれにとってかけがえのない女だ。それもやや子を身ごもっていると知った以上放ってはおけぬ。あれはおれの大事な妻だ」

「……おぬしは斬られてはならぬ。そういうことだ」

「死ぬつもりはない」

伝次郎はしばらく表の闇を凝視して、久右衛門に顔を戻した。

「おぬしに新見が斬れるか？　その自信はいかほどある？」

久右衛門はしばらく黙り込んだあとで口を開いた。

「……自信は、ない。やつの剣は怖い。たいした修業も積んでいないおれの勝てる相手ではない。しかし、やらねばならぬ」

「…………」

「放ってはおけぬのだ」

久右衛門は唇を引き結んで伝次郎を見、覚悟の上だと、言葉を足した。

「……新見との対決はいつになる？」

「それは今中様が集めている証拠が調い次第だ」

「久右衛門、この前同様そのときはおれにも知らせてくれ。助太刀する」

「よいのか？」

「おぬしのことは放ってはおけぬ」

久右衛門は体を地蔵のようにかため、伝次郎をまじまじと見つめた。やがて、その目が潤み、唇が小さくふるえた。

「やはり、おぬしは無二の友垣《ともがき》だ。恩に着るぞ、伝次郎」

六

十吉は顎の古傷を指先でなでると、伝次郎の長屋を出て、芝翫河岸に向かった。

油を流したように穏やかな小名木川には、町屋のあかりや月が映り込んでいた。目を凝らして伝次郎の舟を探す。幾艘《そう》もの猪牙や荷舟が舫《もや》ってあるが、いったいどの舟が伝次郎のものかわからない。

ちくしょう、こんなことだったらやつの舟をちゃんと見ておくんだったと、内心で舌打ちした。とにかく伝次郎が家をあけているのはたしかだ。

十吉は杉岡鉄三郎を待たしている居酒屋に戻り、

「やつは家にいません。どこかで酒でもかっくらっているのかもしれません」

と、杉岡にいった。

「行き先はわからないのか？」

「さあ……」

「では、今夜はやめにするか。明日でもできることだ」

「せっかくここまで来たんです。手ぶらで帰るのは癪《しゃく》に障りますよ」

「おれはいっこうにかまわぬが……」

杉岡は酒をなめるように飲んで、片頬に小さな笑みを浮かべた。十吉はぞくっと背筋に鳥肌が立つような寒気を覚えた。

「もう少し待ってみましょう」

「ならばもう少し飲もう。おまえは見張りをしておれ。やつが来たら、知らせるのだ」

「へえ、わかりやした。ですが、飲みすぎないでください」

「ふん、相手は船頭ではないか。少しの酒で腕のなまるようなおれではない。さあ、さっさと行け」

十吉は表に戻って、通りの左右を見た。伝次郎らしき人影はない。

もう一度伝次郎の長屋に戻ったが、やはり帰っている様子はない。行ったり来たりと忙しいが、芝翫河岸に戻ってしばらく待ってみた。

するとと、万年橋をくぐってきた猪牙舟があった。舟提灯もついている。

十吉は目を凝らした。舟を操っているのは、着物を尻端折りしている。船頭の身なりではない。

（あの野郎、どこに行きやがったんだ）

と、舌打ちして首を振ったが、男の顔が舟提灯のあかりに浮かんだ。

伝次郎だった。見まちがえてはいけないと思い、よくよく目を凝らす。たしかにそうだった。

十吉は目を輝かせると、杉岡を呼びに行くために一散に駆けだした。


いつもの場所に舟をつないだ伝次郎は、雁木をあがり、端折っていた着物の裾をなおし、このまま自宅に帰ろうかどうしようか迷ったが、足は自《おの》ずと千草の店に向いた。

腹も減っていたし、考えなければならないこともある。

もはや久右衛門を止めることはできないが、助をしなければならない。それでも、もっとことを穏便《おんびん》にすませることはできないだろうかと考えていた。久右衛門を止めることはできないとわかっていても、何かよい方策があるかもしれない。

久右衛門に落ち度がなく、新見新五郎に非があるにせよ、命のやり取りをすることに変わりはない。さらにその結果はだれにもわからないことだ。

助太刀をする自分でさえ、無事にすまないかもしれない。恐れてはならないが、伝次郎はそう思うのであった。

「船頭」

ふいの声をかけられたのは、河岸道から高橋の通りに出ようとしたときだった。考え事をしていたので気づかなかったが、ひとりの浪人ふうの男と、十吉が目の前に立っていた。

「伝次郎、この前はよくも恥をかかせてくれたな」

十吉が意気がったように片手で襟を正した。

「ちょいとそこまで面《つら》を貸してもらおうか」

「懲《こ》りねえやつだな」

「何をッ」

「まあいい。話があるなら聞いてやろう」

逃げたところで、しつこくからんでくると思うから、伝次郎は受けることにした。

しかし、そばについている浪人は油断がならなかった。一言もしゃべらず、剣呑《けんのん》な目を向けてきた。

河岸道を引き返すように歩いて、しばらくしたときだった。刀を抜く鞘音《さやおと》が聞こえた。

伝次郎が警戒心を強くしたのと同時に、浪人の刀が大きく動いた。

第五章　返り討ち

一

伝次郎は俊敏にうしろに飛び、身構えた。だが、無腰である。

相手はずいずいと間合いを詰めてくる。

「何をしやがるッ！」

伝次郎は怒鳴った。浪人は口の端に冷え冷えとした笑みを浮かべた。片頬は月光を受けているが、片頬は暗い陰となっている。

十吉がへらへらと楽しそうに笑っていた。

「意趣返《いしゅがえ》しか。だったら、お門違《かどちが》いだ。十吉から話を聞いているならどっちに非があるかわかってるだろう」

「船頭のくせにえらそうな口をたたくやつだ」

浪人はそういうなり、刀を袈裟懸けに振ってきた。刃風が鋭い音を立てて、空気を切り裂く。威嚇《いかく》の斬撃であった。

「杉岡さん、かまうこたァありませんぜ、ひと思いにやっちまってください」

十吉が浪人にいう。

伝次郎は杉岡という浪人の足の動きを見た。間合いを詰めてくるが、殺気は強くない。単なる脅しだとわかる。それでも油断はできない。命を取るつもりはなくても、相応の怪我を負わせるつもりだろう。

「何も持たない船頭に闇討ちをしかけて何がおもしろい」

「ほざくなッ」

杉岡が突きを送り込んできた。伝次郎は半身をひねってかわすと、杉岡の脇差を取ろうと斜め右に飛んだ。杉岡は右足を軸にして体を反転させ、伝次郎をやり過ごした。

「ほう。おぬし、剣術の心得があるな」

杉岡が感心したように伝次郎を見る。

「船頭の分際《ぶんざい》で、剣術の心得があるとは思いもよらぬことだ」

伝次郎は杉岡の間合いを外すために、じりじりと下がった。無腰では太刀打ちできない相手だ。何か武器になるようなものはないかと忙しく目を動かすが、あいにくそのようなものは見あたらない。

その隙を狙って、杉岡が刀を振ってくる、袈裟懸けから逆袈裟に、そして胴を抜くように水平に振る。伝次郎は間合いを外すために、うしろへ下がったが、かかとが小石にかかり、体勢を崩して倒れそうになった。

片膝を折って持ちこたえたとき、杉岡が風のように接近してきた。伝次郎はとっさに地面の小石をつかむと、杉岡に向けて投げた。

「うっ……」

小石は見事杉岡の顔にあたった。意表をつかれたその顔に、殺気の色が刷《は》かれた。だが、つぎの瞬間、伝次郎はすばやい身のこなしで立ちあがるなり逃げた。逃げるのも一計《いっけい》である。

「何やってんですか！」

背後で十吉の焦る声がしたが、伝次郎は角を曲がって闇のなかに姿を消した。

「黙っていろ。それ以上しゃべったら、おまえを斬る」

杉岡は目を三角にして鋭い眼光を飛ばしてくる。

十吉は黙り込んだが、承知できなかった。刀を持っているくせに、伝次郎に何もできなかったのだ。逆に石をぶつけられ、怪我をしている。

(だらしねえ)

そう思うが、杉岡に逆らうことはできない。

「金は払ったんです」

「わかってる。これで終わりだとおれはいっておらん」

伝次郎に逃げられたあと、二人は深川六間堀《ろつけんぼり》町の居酒屋に立ち寄っていたのだった。入れ込みの隅に腰をおろし、杉岡は店の者から傷に効く膏薬《こうやく》をもらい、手当てをしたところだった。

「それじゃ、ちゃんと思い知らせてくれるんですね」

「今度はきさまの指図は受けん」

十吉は頬の削げた杉岡を見る。

「あいつはおれがやる。だが、今度は脅しではすまさぬ」

「それじゃ……」

ゴクッとつばを呑む十吉に杉岡が目を向けてきた。

「あいつはただの船頭じゃない。刀を扱うことができる。おまえが虚仮《こけ》にされたというのはよくわかった。酒だ」

十吉は杉岡に酌をしてやった。

「まあ、安心しな。おまえの恨みは晴らしてやる。金ももらっていることだし、このままじゃおまえにも申しわけが立たぬからな」

「大金ですからね」

「ふん、おれが十両で人殺しを頼まれる馬鹿に見えるか」

杉岡はさめざめとした目を十吉に向けた。

「だが、やつはおれに怪我をさせやがった。このままじゃおれの気持ちが収まらぬ。ちょいと脅かしてやればすむと思っていたおれが甘かった」

杉岡はぐいっと酒をあおった。

「それじゃ、やるんですね」

十吉は杉岡をのぞき込むように見る。

「あたりまえだ。このまま引き下がっておれるか。だが、今度は脅しではない。やつを斬り捨てる」

そういった杉岡はまわりの客を見た。十吉も気になって見た。声は抑えているので、他の客に聞かれた節はない。

「二、三日うちにやる」

十吉は杉岡の言葉にかっと目をみはった。

「そうこなくっちゃ、おもしろくありませんよ。さ、どうぞ……」

「ほざけ。おもしろいからやるんじゃない。無腰の船頭になめられては、引っ込んではおれぬからだ。それにやつの腕も試してみたいものだ」

十吉はにたりと笑った。杉岡の気持ちなどどうでもよかった。伝次郎がいたぶられれば、それで気がすむのだ。それに杉岡は、今度は斬るといっている。十吉は、止めは自分で刺してもいいと思った。

二

「お中間の行蔵さんが見えているよ」

おようが縁側で涼んでいると、母親のおけいが告げに来た。

「行蔵が……」

おようは戸口のほうに目を向けた。

「どうする？　用事はすぐすむといってるけど……」

「あがってもらって」

おけいが戸口に戻っていくと、おようは座敷に移って座りなおした。遠慮しながら行蔵がやってきて、目の前に座った。

「すぐに茶を淹れるから」

おけいがいうのへ、おかまいなくと行蔵は声を返したが、おけいは気を使って台所に立った。

「お加減はいかがです？」

おようは、一瞬、妊娠のことを訊ねられたのかと思ったが、行蔵が知っているわけはない。すぐに目のことだと気づいて答えた。

「よくはなりませんが、悪くもなっていないようです。少しでもよくならないものかと、それとなくほうぼうで聞いてはいるんですが、なかなかいい目医者はいないようで……」

「手を煩わせてすまないね。それで今日は……」

おようは行蔵をまっすぐ見るが、顔はぼんやりとかすんでしか見えない。それでもどんな顔つきをしているかはだいたい察しはつく。

「旦那様が様子を見てこいとおっしゃったので来たんですが、わたしもずっと気になっておりましてねえ。旦那様はお役目もお忙しいのですが、このところ何やらひとりで考え事をされることが多ございます」

「……………」

日が翳り、部屋のなかが暗くなるのがわかった。

「やはり、後悔なさっておられるのですよ」

そこへ茶が運ばれてきたので、行蔵は口をつぐんだ。

「おっかさん、少し席を外してくれませんか。大事な話があるのです」

　おようがそういうと、おけいはちょうど近所に用事があるからすましてくるといって下がった。

　おようはその足音が聞こえなくなってから口を開いた。

「旦那様はお賄《まかな》いはどうなさっていらっしゃるの？」

「はい、わたしがやらせていただいております」

　そう、と応じたおようは、表に目を向けた。表がゆっくりあかるくなっていくのがわかる。雲に遮《さえぎ》られた日が出たのだろう。

　久右衛門はおようの作った食事がうまいからといって、あえて賄いをする女中を雇っていなかった。おようもそれを望み、料理を作るのをひとつの生き甲斐にしていた。

「どうして様子を見てこいとおっしゃったのかしら？」

　おようは行蔵に顔を向けなおした。

「それは、もちろんご新造様のことが心配だからでしょう」

　つまり、それはまだ未練があるということだろうか。そう考えていいのだろうかと、およう は胸の内で思う。

「ご新造様はお目を悪くされていらっしゃいます。それなのに、暇を出されるとは酷《こく》です。わたしは何度もお迎えにまいりましょうといっているのですが……」

「気にせずともよいのです。きっと旦那様には考えがあってのことでしょうから……」

「ご新造様はそれでよろしいんで……」

ちりーんと、風鈴が音を立てた。

「わたしは旦那様にしたがうしかありません。しょせんは町屋の女ですし、身分ちがいの家に嫁いだのですから……」

「ご新造様、わたしにはわかるんです」

「なにが……」

およう は小首をかしげた。

「旦那様は本心でおっしゃったんじゃありません。ご新造様がいわれたように、何か考えがあってのことなのです。近ごろは思いつめた顔ばかりなさっています。きっと、ご新造様のことも気に病んでらっしゃるんです」

「そんなことは……」

おようは膝許に視線を落として、行蔵に茶を勧めた。

「でも、旦那様は何を悩んでいらっしゃるのかしら。行蔵は気づくことはない？」

ずっと気になっていることだった。

「おそらくお役目のことだと思うのですが、わたしには何も打ちあけてくださりませんので……。でも、こんなことを、ぽつりとわたしにおっしゃいました」

「なに？」

「ことがうまく運んだなら、ご新造様を迎えに行かねばならないと……」

おようはその言葉に目をみはった。

思いがけない言葉だった。ほとんどあきらめかけていたのだが、夫はすっかり自分を見放してはいないのだ。そう思うと、胸が熱くなった。

「ほんとうにそんなことを……」

「はい、一昨日の晩につぶやくようにいわれました。そのときわたしは胸をなで下ろして、旦那様はやはり冷たい人ではないと思ったんでございます」

行蔵はずるっと音をさせて茶を飲み、言葉をついだ。

「旦那様はご新造様と離縁などされたくないんです。お客人があったときですが……」

行蔵はそのときのことを話した。

――妻女はいかがした。姿が見えないが……。

客が家のなかを見て訊ねたとき、久右衛門は平静を装い、

――妻の母親はひとり暮らしで不便をしておる。たまに実家に帰らせて面倒をみさせておるのだ。

といった。

「また、ご家来の方にもご新造様のことを聞かれたことがありました。そのときも旦那様は、母親の看病に帰っているだけだと申されたのです。世間体もあるのでしょうが、旦那様はご新造様と離縁したなどとはだれにもおっしゃっていません。そのじつ、旦那様はまだ去り状を書かれておりません。ご新造様ももらっていないではありませんか……」

行蔵はそういって、猿のような赤ら顔をおように向ける。

おようは複雑な心境になったが、久右衛門が気紛れに離縁を口にしたとは思って

いなかった。それにはきっと深いわけがあると、ずっと考えていた。

しかし、その理由はおようにもわからないことで、ただ単に人にいえない深い事情があるのだと、そう思うしかなかった。

「旦那様が戻ってこいとおっしゃったら、戻ってきてくれますね」

「……さっきもいったはずです。わたしは旦那様にしたがいます」

行蔵はほっと息をついて「ああ、よかった」と安堵の声を漏らした。

「ご新造様もあきらめてはいらっしゃらなかったのですね。わたしはてっきりもうだめかと思っていたのですが……」

「行蔵……」

おようは遮っていった。

「旦那様は何をなさろうとしていらっしゃるのかしら？　ことがうまく運んだなら、といわれたのでしょう……」

「はい、それはわたしにもわからないことでして……」

ことがうまく運ばなかったら、やはりこのまま自分はひとりで生きていかなければならないのかしらと、おようは暗い気持ちになった。しかし、腹のなかの子はどうすればよいのだろうか。

黙っていたほうがよいのか、それともそれだけでも伝えたほうがよいのか、おようには判断がつかなかった。

「旦那様は今日もお城に……」

「はい。それからこれをわたしておくようにと……」

行蔵は膝の前に小さな袱紗《ふくさ》包みを差しだした。

「当面の生計にするようにとの仰せでした」

そのとき、下駄音をさせておけいが戻ってきたので、行蔵はこれで帰るといって立ちあがった。

「あら、もうお帰りですか？　ゆっくりしていかれるとよいのに」

「そうもまいりませんので……」

行蔵は土間におりておようを振り返り、小さく辞儀をした。おようも辞儀を返した。

「それじゃ行蔵、旦那様に伝えてくださいな。生まれてきた子の面倒はわたしに見させてくれと。なんでもお手伝いしますからと……」

明るくいうおけいに、行蔵が目をまるくするのがわかった。おようははっとなって表情をかたくした。よけいなことをおっかさんは、と思っても、もう遅かった。

「もしや、それはご新造様にお子ができたということですか？」

「そうなんですよ」

およう は二人のやり取りをどこか遠くで聞いているような錯覚に陥り、この先どうなるのだろうかと、久右衛門の顔を瞼《まぶた》の裏に浮かべた。

三

「暑いときにゃ熱いものを食えばいいと医者がいうんだよ。それにここのうどんはなかなかうまいだろう」

男はずるっとつゆを飲み、そしてうどんをすくいあげる。いった先から汁を噴きだしてはいるが、さもうまそうに食う男だった。

「こんな店があるとは知りませんでした」

伝次郎もうどんをすする。なんでも上方《かみがた》の味らしく、つゆも江戸のものに比べると透《す》きとおっている。それでいて味がいい。出汁《だし》がよく利いているのだ。

「そりゃあ、あんたは舟で川ばかり動きまわっているだろうから、気づかないだろう。しかし、たまにはこうやって陸《おか》にあがって、近所の店で飯を食うのも乙《おつ》なもんだ」

「まったくおっしゃるとおりで……」

伝次郎は丼を両手で持ってつゆを飲みほした。

「くいっぷりがいいねえ。船頭は力仕事だろうから、これじゃ物足りないかもしれないが、まあうどんも悪くないだろう」

「まったくです」

「おい、親爺。勘定だ」

男は気前よく、勘定を払ってくれる。柳橋から乗せた客で、麻の葉柄の白い小袖に、絽《ろ》の羽織を着た身なりのよい男だった。商家の主か番頭だろうと思っていたが、役者だという。どこのなんという役者か訊ねたが、

「気が向いたら、芝居町に遊びにいらっしゃいな」

男はそういってにこやかな笑みを浮かべ、来月中村座《なかむらざ》に来れば会えるといった。

「どうも馳走《ちそう》になりました」

表に出て礼をいうと、

「うどんぐらいで礼をいわれちゃ照れちまうが、また舟に乗せてもらうよ」

と、男はいって歩き去った。

伝次郎は額と首筋の汗をぬぐって、海辺橋のたもとにつけていた舟に戻った。うどん屋は深川万年町にあったのだが、男に勧められたように、たしかにいい味だった。

棹をつかんで、舟を出そうとしたら河岸道から声がかかった。浅草駒形堂《こまがたどう》までやってくれという。伝次郎は快く引き受けて、客を乗せた。

青い空の片隅に大きな入道雲がわいている。澄んだ大川の水は銀鱗の輝きを見せ、滔々《とうとう》と流れている。伝次郎は腹掛け一枚のなりで、棹と櫂を器用にさばいて舟を上らせた。

川中は陸とちがって幾分涼しく、気持ちがよかった。それでも暑いのに変わりはなく、汗はとめどなく流れる。ときどき、水筒に口をつけて舟を操る。

十吉が意趣返しのために頼んだ、杉岡という浪人に襲われて二日がたっていた。

伝次郎はこのままますむとは思っていない。だから、舟のなかに木刀を置いていた。以前は大刀を菰《こも》に包んで隠し置いていたが、客の子供に見つかって恐れられ、以来武器になるようなものは持ち歩かなかった。しかし、しつこい十吉のことであるし、またあの杉岡という浪人が因縁をつけにこないともかぎらない。木刀はそのときのためだった。

それにしても十吉という男の質《たち》の悪さを思い知った。町奉行所時代だったら、こっちから出向いてこってり搾《しぼ》ってやるところだが、いまはそうもいかない。

海辺橋から乗せた客を駒形堂の近くでおろすと、すぐに別の客から声をかけられた。小網町にやってくれという。このところ、小網町や日本橋への客を頻繁に乗せるようになっている。

町奉行所と八丁堀が近いので、極力避けてきたところだが、客の申し出を断ることはできない。また、その方面に行くたびにおようのことを気にかけた。

よるべない寂寥《せきりょう》感を漂わせたおようの美しい顔が、何度も脳裏に浮かんでは消えるのだ。

（なんとかしてやりたいが……）

そう思いはするが、夫である久右衛門はのっぴきならない事情を抱えている。

(早まるんじゃない、久右衛門)

伝次郎は同じようなことを日に何度も胸の内でつぶやいていた。

日が傾きかけたころ、芝翫河岸に戻った。すると小気味よく雁木をおりて船着場にやってきた男がいた。音松だった。

「旦那、大まかですがわかりました」

伝次郎は音松に新見新五郎のことを探らせていた。

久右衛門の話だけを一方的に聞いて、鵜呑《うの》みにするわけにはいかないと考えていたからだ。もし、久右衛門に非があるようなら伝次郎は道を踏み外すことになる。

もちろん、久右衛門のことを疑《うたぐ》りたくはないが、そこは子供の時分とちがって、分別のある大人であるし、久右衛門の人格も子供時代と同じわけではない。

伝次郎は音松が調べてきたことを、近所の茶店に行って聞いた。

「評判はよろしくありませんね。組下の人たちも新見のことを、よくいう人はあまりいません。もっともその人たちにとっては上役ですから言葉を控えているようですが……」

「病に臥せっていたというようなことは？」

「そんなことは何もありませんよ」

音松はあおいでいた扇子を鼻の前で忙しく振って、言葉をついだ。

「それから新見に斬られた侍は、広津祐右衛門《ひろつゆうえもん》という人でした。下谷の小さな町道場の師範代です」

「師範代……」

「さようで。腹のあたりを深く斬られたようですが、命に別状はないとのことで……。その広津さんが今中さまに雇われたのはまちがいありません。今中家の方が見舞っておりますし、今中さまは何度か広津さんを料理屋に招いています。おそらく新見を斬る密談だったと思われます」

「ふむ、そうであるか……」

伝次郎は遠くに目を注いで、久右衛門が口にしたことはほんとうのことなのだと思った。

「旦那、何があるんです？」

「いや、このことは忘れてくれ。いらぬ世話をかけてすまなかった」

「そんなことはどうでもいいんですが、気になるじゃありませんか。ですが、旦那が忘れろとおっしゃるんであればそうしますが、何か力になれることがあったら、遠慮なくいってくださいまし」

「すまぬな暇暮らしをさせて……」

「だから旦那、そんなことはいいっこなしですって……」

音松は人なつこい笑みを浮かべる。

「今度はおれが何か馳走しよう。いまは独り身だから金の使い道がないんだ。近いうちにそうさせてくれ」

「へえ、それじゃお言葉に甘えましょう。楽しみにしております」

「うむ」

「では、あっしはこれで……」

音松は床几から立ちあがって先に帰っていった。

伝次郎はしばらく座ったまま、久右衛門のことを考えた。やはり手を貸すしかないと思う。音松の調べでも、新見新五郎の剣の腕はたしかで、徒組のなかで抜きん出ているという。中途半端な鍛練しかしていない久右衛門のかなう相手ではない。

(今夜にでもやつに会いに行こうか……)

伝次郎はそう思って茶店を離れ、船着場に戻った。だが、雁木の途中で足が止まった。自分の舟に人が乗っていたのだ。その男が伝次郎を見あげてにやりと笑った。

四

「客だぜ」

十吉が皮肉な笑みを浮かべていった。

伝次郎は黙って舟に乗り込むと、

「どちらへ？」

と、あくまでも船頭として、歓迎したくない〝客〟に訊ねた。

「業平橋《なりひらばし》までやってくれるか」

「へえ」

「心配するな。舟賃はちゃんと払うからよ」

伝次郎は黙って棹を突き立てた。舟はすうっと、みずすましのように川中に進む。

川幅約二十間の小名木川は舟の往来が頻繁だ。そのなかで目立つのが行徳船《ぎょうとくぶね》である。小名木川は下総《しもうさ》の塩を江戸に運ぶために開削《かいさく》された堀川《ほりかわ》だった。その川を航行して、下総行徳から江戸の小網町行徳河岸を結ぶのが行徳船と呼ばれる。

当初は塩運搬が目的だったが、時代が進むうちに物資や人を乗せるようになっている。

平底の茶船で塩俵だと二十俵、米俵だと二十五俵を積む。人によっては「番船《ばんぶね》」と呼んだりしていた。

その行徳船とすれ違って、伝次郎の猪牙が左右に揺さぶられた。十吉は両手で舟縁をつかんで、ときどき舟を操る伝次郎を振り返った。人をいたぶるようないやな目つきである。川の照り返しを受ける十吉は色白であった。

「船頭稼業はどうだい？　儲かるかい？」

沈黙をいやがるように十吉が、生意気な口をたたく。

「暑い日も大変だろうが、寒い冬も大変だろう。まったくご苦労なことだ」

伝次郎は相手にせず聞き流す。河岸道とちがい、川にはゆるやかな風が吹いていた。ときどき、魚がぴちゃっと跳ねる。川の両側には護岸用の石が積んであり、その隙間に青い草や名もなき小さな花が咲いている。

「この前、おめえに挨拶をした杉岡さんだが、とんだお返しをもらったと怒っているぜ」

「…………」

「てめえが石を投げつけただろう。あれで杉岡さんは怪我をしちまってな」

いきなり人に刀を向けるほうが悪いのだ、といいたいところだが、伝次郎は詮無いことだと思って黙っている。

とにかくこんな男の話し相手になるつもりはない。しかし、何か魂胆《こんたん》があるはずだ。伝次郎はそのことを考えていた。

「業平橋についたらよ、ちょいと付き合ってもらいてえんだ」

伝次郎は菅笠の陰に隠れている目を、きらりと光らせた。

「いやだとはいわせねえぜ。杉岡さんに詫びを入れてもらわなきゃ困るからよ。まあ、おれはその使いってことだけどな」

なるほどそういうことだったかと、伝次郎は右舷に差していた棹を左舷にまわした。

「会ってくれるだろうな。それとも、またこの前のように石でも投げて逃げるかい」

ひひひと、十吉はいやな笑い方をした。

伝次郎は足許を見た。木刀を包んだ菰があった。これを使うしかなさそうだ。

舟は小名木川から大横川《おおよこがわ》に入った。

十吉は勝手なことをしゃべったあとは、煙草を喫んでいた。

南辻橋《みなみつじばし》をくぐり竪川を突っ切る。つづいて北辻橋をくぐって、舟を北上させた。

空に浮かぶ雲がゆっくり流れている。西のほうには雨の気配をただよわせた黒雲があった。

「女房はいるのかい？」

間がもたないのか、十吉が振り返って聞く。

殺されたとはいえない。伝次郎は「いや」と短く応じた。

「それじゃ気兼ねのいらねえやもめ暮らしだ。いい年こいてしょうもねえな。……だけど、独り暮らしだと金の使い道に困るんじゃねえか。博奕でもやってるのか？」

伝次郎は黙ってにらみ返す。

「おいおい、おれは客だぜ。そんなおっかない顔すんなって……。それとも杉岡さんに会うのが怖いか」

「…………」

「詫びを入れりゃすむことじゃねえか」

「人をいたぶるのが楽しいか？」

「ヘッ、なんだと……」

十吉は首をまわして振り返った。

「人をいびったり、弱い者いじめをするのが楽しいかと聞いてるんだ」

「おい、言葉に気をつけやがれッ！　おりゃァ客だぜ。船頭の分際《ぶんざい》ででけえ口たたくんじゃねえよ」

「…………」

「弱い者いじめといいやがったな。そういや、おれもおめえにいじめられたっけ……。仲間に恥までかかされちまってよ。思いだしても腹が立つぜ、この野郎」

十吉は獰猛《どうもう》な犬が吠えるような顔をした。

「言葉が過ぎたらあやまるが、真面目に生きたらどうだ」

「うるせー！　てめえに四の五の説教される義理はねえわい。くそッ、胸糞《むなくそ》の悪い野郎だ」

十吉は煙管を舟縁にたたきつけた。

伝次郎は小さく首を振って、淋しい男だと十吉から目をそらした。何が気に食わなくて、こんなひねくれた人間になったのだろうかと思う。同じような類《たぐい》の人間には腐るほど会ってきたが、十吉は生来悪しき心を持っているようだ。

こんな男はいずれ、大きなまちがいを起こす。人の道からそれているとわかっていても、まともな道に戻れない人間なのだ。

「おい、その辺でいい。適当なところにつけろ。それからおれに付き合うんだぜ。わかってんだろうな」

「いやだといったら、おまえはまたおれにいやがらせをしに来る。そうだな」

十吉はひゅーっと口笛を吹いて、

「よくわかってるじゃねえか」

といった。

伝次郎は業平橋の東たもとに舟をつけた。先に十吉がおり、伝次郎がつづいた。木刀をつかみ取ると、

「お、なんだそりゃ？」

と、十吉が聞いた。

「この前、杉岡という浪人はおれに刀を向けてきた。おれもこれぐらいは持たしてもらう」

「すると、いつも舟には木刀を入れているってわけだ。まあ、いいだろう」

ついてきな、と十吉は顎をしゃくる。

そこは小梅村《こうめむら》の入会地《いりあいち》で、白く乾いた野路《のじ》が青い稲田を縫っていた。十吉が案内したのは、北十間川のどん突きになる〆切土手《しめきりどて》のそばだった。椎《しい》の木が数本立ち、一本の大きな欅が枝を広げていた。そのあたりだけが開けた狭い原になっている。

欅の根方に腰をおろしていた男がゆっくり立ちあがった。

杉岡という浪人だった。伝次郎を認めると、削げた頬に残忍そうな笑みを浮かべた。

五

「伝次郎というんだな」

杉岡が数歩前に出てきた。ちらりと、伝次郎の提げている木刀を見る。着物を尻端折りし、草鞋を履いていた。

「この前はとんだご挨拶だった。おかげで怪我をしちまった」

杉岡は怪我をした左目の下あたりを指で触った。

「抜き身の刀を抜いて、襲ってきたのはそっちだ」

「斬るつもりはなかったのだ。勝手に慌てたのはおまえのほうだ。だが、きさま、剣術の心得があるとみた。どこで習った？」

「…………」

「まあいい。答えなくても腕を見ればわかることだ。この前のつづきだ。今日はおまえにも刀をわたす。これで対等だ。文句はいわせぬぞ。おい、十吉」

杉岡が顎をしゃくると、十吉が木の根方に走って一本の刀を持ってきた。

「ほれ」

といって、伝次郎に差しだす。

「いらぬ。これで十分だ」

伝次郎は手にしている木刀を軽くしごいた。

「きさま、舐めているのか……」

杉岡の顔が紅潮した。

「いや……」

いった伝次郎は、さっと青眼に構えた。

「まあ、いい。木刀も刀もいっしょだろう。……いい構えだ」

杉岡がさらりと大刀を引き抜いた。白い刃《やいば》が日の光をはじいた。

近くの藪でキョキョと短く鳴いた鳥がいた。時鳥《ほととぎす》だ。

伝次郎は木刀を青眼に構えたまま身じろぎもしなかった。対する杉岡は右八相《はっそう》から上段に構えなおし、すり足を使って間合いを詰めてきた。

伝次郎はその動きを見て、右八相に構えなおした。左肩は隙だらけである。木刀といえど、打撃によっては相手に致命傷を与えることができる。ときにはそのまま死に至らしめることさえ可能だ。

間合い二間になった。日の光を背に受けた杉岡の影が、伝次郎の足許に届こうとしている。伝次郎は左肩に隙を見せたままゆっくり右に動いた。

すっと、杉岡の刀がおろされ、即座に右足が動き、突きが送り込まれてきた。伝次郎はすでにその動きを見ていた。わずかに右にまわることで、突きをかわした。

構えは右八相のままである。

もし、杉岡の心に生への執着があるなら、隙のある肩を狙ってくる。しかし、それは伝次郎の思う壺である。先に狙わせて、あとで撃つのである。

これを「後《ご》の先《せん》」というが、実際はすでに相手の動きを見切っているので「先《せん》の先《せん》」となる。一刀流の極意のひとつだった。

「むむっ……」

杉岡が口をへの字に曲げた。隙を見出《みいだ》せないからだ。いや、伝次郎の左肩に隙はあるのだが、それを警戒しているのである。

伝次郎は涼しげな目をして、さらに右にまわった。ゆっくり雪駄を脱ぎ、裸足になる。その刹那《せつな》、杉岡の刀がうなった。大上段から斬り込んできたのだ。

伝次郎はさっと、体をそらすようにして杉岡の刀の棟《むね》をたたいた。乾いた音が空に広がった。

「こやつ……」

杉岡に焦りが見えた。

その顔が暗くなった。雲が日を遮ったのだ。地面に映っていた影も消える。

伝次郎が一歩下がったと同時に、杉岡が左肩を狙って斬り込んできた。

（愚かな……）

伝次郎は心中でつぶやきを漏らすと同時に、刀を持つ杉岡の右腕をはねあげていた。杉岡の体勢が大きく崩れ、胸ががら空きになった。

伝次郎は間髪《かんはつ》を容《い》れず、木刀を相手の胸に撃ち込んだ。肋《あばら》の二、三本は折れたはずだ。

「うぐっ……」

杉岡の口からうめきが漏れ、片膝をついた。

背後にまわった伝次郎は手加減しなかった。杉岡の右肩に強烈な一撃を与えて、骨を砕いた。おそらく、二度と刀を持つことはできないだろう。

杉岡は苦しそうなうめきを漏らして刀を落とし、砕かれた肩に手をやったが、そのままごろんと大地に転がった。

とたん、急激な痛みに襲われたらしく、短い悲鳴をあたりにまき散らした。

伝次郎はもう杉岡には見向きもしなかった。木刀を右手一本で持ち、切っ先を爪先六寸先にのばして十吉をにらんだ。

十吉は思わぬ結果に目をまるくしていたが、さっと懐から匕首を引き抜いた。

「てめえ……」

「かかってくるなら容赦しねえ」

伝次郎がいうと、十吉は目を血走らせて、匕首を振りまわしてきた。右へ左へと滅茶苦茶に振りまわす。

伝次郎はそのたびにすり足を使ってかわした。だが、その目は鷹《たか》のように鋭くなっていた。

「性根《しょうね》の腐ったやつめ」

伝次郎は罵《ののし》って、十吉の腕を撃ちたたいた。

「ぎゃあ」

悲鳴をあげた十吉の手から匕首がこぼれた。

伝次郎はすかさず前に動き、十吉の鳩尾《みぞおち》に木刀の切っ先を埋め込んだ。

「ごふぉっ」

十吉は体をふたつに折って倒れた。伝次郎はそれでも許さなかった。

髷をつかみ取って、顔をあげさせると、木刀の柄頭で顎を撃ちたたいた。歯が折れて、十吉の口から血がこぼれた。

「二度とおれたち船頭に手を出したら、どうなるか思い知らせてやる」

もう一度柄頭で顔面を強打した。

十吉の鼻の骨が折れ、血が噴きこぼれた。

「このことは黙っておいてやる。その代わり、おれの前に二度と顔を見せるな」

「うう……」

「わかったか」

「ふぇふぇ……」

十吉は涙目になり、許しを請うようにうなずいた。すでにその顔には普段の強気はなかった。顔をくしゃくしゃにして、すっかり怯えた目になっていた。

伝次郎は大きく息を吐いて立ちあがった。地面にうずくまり痛みに耐えている杉岡を一瞥《いちべつ》すると、そのまま来た道を戻った。

六

津久間戒蔵は、仮宅としている百姓家から急な下りの杣道《そまみち》を歩き、目黒川《めぐろがわ》まで出るとそこでしばらく休んで、今度はちがう道を辿って小高い山を上った。あたりは鬱蒼《うっそう》とした雑木林で、蟬時雨につつまれていた。木漏れ日が地面に縞目《しまめ》を作っていた。

途中、何度も立ち止まり呼吸を整え、額と首筋の汗をぬぐった。

林の奥に立派な屋敷が見える。大名屋敷ではあるが、先日までだれの屋敷かはわからなかった。それが、豊後岡《ぶんごおか》藩の抱《かかえ》屋敷であると教えてくれたのは、近くに住む百姓だった。

津久間は同じ九州の大名家の屋敷だと知り、懐かしくなったが、これは気をつけなければならないと思った。

岡藩の当主は、中川修理大夫久教《なかがわしゅりのだいぶひさのり》で、津久間が仕えていた肥前唐津藩と親交がある。格的には唐津藩小笠原家は譜代《ふだい》であるから、外様《とざま》の岡藩中川家より上位である。小笠原家は岡藩に津久間捜索を依頼していることが考えられた。

そのために津久間はなるべく、岡藩抱屋敷には近寄らないようにしていた。もっとも、抱屋敷にいる江戸詰の侍は市中ほど多くなく、出会うことはなかったが……。

坂道を上りきったところに、粗末な小屋があった。湧き水から引いた懸樋《かけひ》があり、津久間は落ちてくる水を両手ですくって飲んだ。

日はゆっくりと、落ちるのを惜しむように傾いている。

ふうと息をした津久間は、そこで短く咳をした。ごふぉごふぉと、痰《たん》のからんだような咳で、手の甲で口をぬぐうと小さな血がにじんでいた。

（くそ、これしきのことで……）

悔しそうに口を引き結ぶが、ここしばらく体の調子がよくなっているのがわかる。このあたりは空気もよく、水もうまい。それに、ひょんなきっかけから世話を焼いてくれるお道の介抱もあり、体に力が戻っていた。

（静養にはよいところかもしれない）

津久間はそう思っていた。

仮宅に戻ると、縁側に座ってぼんやりと暮れゆく空を眺めた。

はたしてお道は帰ってくるだろうかと、頭の隅で考えた。何人もの男たちを相手にし、いろんな知恵を入れている元女郎である。すっかり信用はできなかった。

昨夜、ふと思ったことがあった。

沢村伝次郎の行方を調べるのは自分ではなく、女のほうが都合がよいのではないかと……。そのために、お道にその用をいいつけた。

お道は女郎屋から足抜しているので、市中に行くのを怖がったが、頰被《ほおかぶ》りをして菅笠を被り、顔をさらさないようにすればよいし、他人と無駄な話をしなければ、見つかることはないといい含めた。

それでもお道は気乗りしないようだったが、なんとか調べに出ていった。

麦湯をわかして冷めるのを待ち、湯呑みを持って縁側に戻り、体を休めていると表に足音がして、お道が戻ってきた。

菅笠を脱いで「ただいま帰りました」と、津久間を見て汗ばんだ顔に笑みを浮かべた。

「ご苦労だったな」

「旦那にいわれたように、何てことありませんでした。これ、途中で買ってきたので今夜の肴《さかな》にしてください」

お道は豆腐を水桶に移しかえていう。いくつかの野菜の入った風呂敷も上がり框に置いていた。

「それよりどうだった。そっちのほうが先だ」

縁側に西日が入ってきたので、津久間は台所のそばに移った。

「八丁堀で町方の旦那と雇われている中間に聞いたんですが、御番所をやめたといっていました」

やはり、そうなのだと津久間は心中でつぶやいた。

「それで……」

「いまはどこで何をしているかわからないと、だれもがいいます」

お道は手ぬぐいで汗を押さえていう。

「行き先もわからないのか？」

「へえ」

津久間はチッと舌打ちをし、視線を彷徨《さまよ》わせてからお道に顔を戻した。

「いったい何人に聞いた?」

「五人です。わからないという人もいましたが……」

「なぜ御番所をやめたのか、そのことはどうだ?」

「そんなことは聞きませんでした」

結局、沢村伝次郎のことはわからずじまいということである。

「役に立ちませんでしたか?」

お道が不安げな目を向けてくる。

「いや、いい。今日は初めてのことだ。また行ってもらいたいが、頼まれてくれるな」

「かまいませんよ。だれか知ってる人に会うんじゃないか、知っている人に見られるんじゃないかとひやひやしましたけど、そんなことはちっともありませんでしたから……」

「そうか……」

津久間はお道の話に興味を失っていた。しかし、またお道を使わなければならない。

「旦那、途中で買ってきた薬があります。薬種屋の人も医者と同じことをいっていました。養生が大事だと……。これを飲んでくださいな。旦那の病気に効くそうですから」

お道はいくつかの薬包を風呂敷から取りだした。

「すまないな」

津久間は薬など飲んでも詮無いものだと思っているが、少なからずお道の思いやりを嬉しく思った。

「こんなおれといっしょにいてもつまらぬだろう」

「いいえ、旦那はわたしの命の恩人です。わたしは決めたんです」

お道は目をきらきらさせる。鼻ぺちゃだが、こんなときは華やいだ顔になる。

「何をだ?」

「旦那の病気を治してみせるって……。だからわたしは何でもしますよ。さあ、それじゃ夕餉の支度をします」

お道は楽しそうな笑みを見せ、くるっと、背を向けた。

「金はいくら残っている？」

津久間の言葉にお道が振り返り、

「心配いりませんよ。半年や一年は……」

そういってまた背を向けた。

津久間はもう少し体の調子がよくなったら金を稼ごうと考えた。近くの街道を往き来する旅人や行商人がいる。それを知ったとき、小銭は稼げると思った。なかには大金を持ち歩いているものもいるかもしれない。

とにかく、沢村伝次郎を見つけるまでは、生きていなければならない。

（それには金がいる）

津久間はうす暗くなった家のなかの闇を凝視した。

七

石畳が東雲《しののめ》の空から射してきた一条の光を照り返したとき、伝次郎はゆっくり、木刀をさげて、その朝の稽古を終えた。

裸の上半身に浮いた汗を、手ぬぐいでふきながら呼吸を整える。

鳥の声は蝉の声が高まるにつれ聞こえなくなっていた。

着衣を整えた伝次郎は、神明社の境内を出て自宅長屋に帰ると、井戸端であらためて汗をぬぐった。ぼちぼちと長屋の連中も起きだし、朝餉の支度にかかっている。米を研《と》ぎに来たり、水を汲みに来る長屋のものたちといつもの挨拶を交わす。みんな気さくなものばかりである。決して裕福ではないが、お互いに助け合ったり、些細な喧嘩をしては仲直りと、何かと騒がしい長屋だが、いまの伝次郎には住みやすい場所だった。

その日は、早めに仕事を切りあげて久右衛門に会いに行こうと考えていた。

午前中は小名木川と、竪川で仕事をして、昼前に千草の店に立ち寄った。

「毎日毎日暑いわね。わたしなんか風通しのよい、日陰にいるからましですけど、伝次郎さんは大変だわね」

飯を運んできた千草がそんなことをいう。

「もうこの暑さにも慣れてきたよ。それに案外、舟の上は涼しいんだ」

「あら、そうなの……」

千草は口と同じように目をまるくする。かすかに汗ばんだ顔から、薄化粧が落ちているが、もともと器量よしだから容色の衰えは感じられない。

もっとも、十七歳という若い手伝いのお幸の、若やいだ肌にはかなわないが、千草にはその分大人としての色香がある。

「試しに乗ってみるか……」

伝次郎は飯にかかった。

「ほんと、それじゃ乗せてもらおうかしら」

「夕方じゃだめだぜ。この暑い日盛りの下で試してみなきゃわからない」

「いいわよ」

伝次郎は飯を頬ばったまま、千草を見あげた。

「ちょっと深川の小間物屋《こまものや》に行く用があるの。乗せていってくださいな」

「これからか？」

「ええ」

千草はにっこり微笑んでうなずく。

「客も引けたし、あとはお幸にまかせておけばいいですから……」

昼餉を終えた伝次郎は、千草を舟に乗せた。

「初めてね。伝次郎さんの舟に乗せてもらうのって……」

舟におさまった千草は楽しそうである。艫《とも》に立つ伝次郎に体を向けて座っている。

「少し遠回りするか……」

伝次郎は棹を操って舟を出した。

小名木川を東に向かい、大横川に入り、それから深川に行く予定だ。千草の行きたい小間物屋は、富岡八幡前にあるという。馬場通りの老舗《しにせ》らしい。

「ほんとだわ……。陸を歩いているより涼しいわね。それに風が……」

千草は独り言のようにいって、白い首筋をのばして気持ちよさそうな顔をする。扇子を持っていたが、それも使わなくてすむというし、蔵地の陰になったところでは、

「風がひんやりしているわ」

と、感激もした。

伝次郎はゆっくり舟を進めながら、おようと久右衛門の話をした。もちろん、これは他人には漏らしてはならないと釘を刺した。姐《あね》ご肌の性格を持ち合わせている

千草のことを、伝次郎はそれだけ信用しているのだった。

「その鈴森さんにはよほどの事情がおありなのでしょうけど、おようさんという方は、ずいぶんとつらい思いをされているんじゃありません。これは深い事情を知らないわたしの勝手ないい分ですけれど、おようさんは鈴森さんのもとに帰るべきです。もし、わたしがおようさんだったら、鈴森さんの足にしがみついてでもそばに置いてくれとお願いします。だって、お腹にいるのは二人の子なんですから。それに……」

「それに？」

伝次郎は真顔を千草に向ける。

「後添いとはいえ、なにかの縁で結ばれた二人のはずです。鈴森さんは、町屋の娘さんをおもらいになったんですから、よほどの覚悟があったんじゃございません」

「うむ、たしかにそのはずだ。……なるほど、なにかの縁で結ばれたか……」

「女とはか弱い生き物です。鈴森さんもおようさんを迎えにいくべきですわ。なにより二人の血を引いた子ができるのですから……」

伝次郎は常々、女の感情は複雑怪奇だと思っている。男のことならおおよそわかるが、女のことはやはり女でないとわからないようだ。

「ためになった。だが、このことは口が裂けても他のものには話すな」

伝次郎はもう一度釘を刺した。

「わかっているわよ。……伝次郎さん」

「なんだ？」

「面倒見がいいのね。それに、初めて伝次郎さんの船頭仕事を見て……」

「……どうした？」

伝次郎は嬉しそうに微笑む千草を眺《なが》めた。

「いいものよ。男のはたらく姿は……。ますます気に入ったわ」

そういった千草はわずかに頰を赤らめて、視線を外した。いつになくその色っぽい所作に、伝次郎はどきりとした。

千草を蓬萊橋《ほうらいばし》のそばでおろした伝次郎は、それから今戸橋まで客を送り、その帰りに乗せた客を柳橋まで届けると、仕事を切りあげるために芝翫河岸に戻った。

一度家に帰り、着替えをしてから久右衛門を訪ねる腹だった。舟をおりて河岸道に出たとき、一方の茶店から出てきた男が急ぎ足で近づいてきた。

久右衛門宅の中間・行蔵だった。

「お待ちしておりました」

そういって、行蔵は深々と頭をさげる。

「何かあったか？」

「はい、旦那様が沢村様を呼んでこいとの仰せでございます。折り入っての相談があるとの由ですが、ご足労願えますか……」

「答えるまでもない」

応じた伝次郎は表情を引き締めた。

第六章　妻恋坂《つまごいざか》

一

鈴森久右衛門と今中藤兵衛は、顔をつき合わせて話し込んでいた。そこは明神下にある料理屋の小部屋で、人払いをしてあった。高足膳《たかあしぜん》には刺身や煮物などがのっているが手はつけられていない。酒もあったが、銚子はそのままである。

「しかし、そなたひとりで大丈夫であろうか……」

今中は安心と不安をない交ぜにした表情で久右衛門を見つめた。

「もしものことがあれば、二人とも討ち死にです。そうなってはことです。今中様にはお身内が多い。悲しむ人が多すぎます」

「しかし、そなたにも……」

「わたしの妻には暇をだしております。これより帰り、去り状を書きます」

「…………」

「ただ、お願いがあります」

「なんだ？」

「撫育《ぶいく》の金は調《ととの》えてありますが、よもやわたしが倒れたならば、妻のことをお願いできますか。あれには子ができています」

「なに……」

今中は目をみはった。

「先日、そのことがわかりまして……」

「大事な跡取りではないか。鈴森家を継ぐ子であろう」

「承知しておりますが、こうなったからにはしかたありません。すべては新見新五郎の横暴のせいです。まわりのものたちのためにも、新見を放っておくことはできません」

「うむ……」

今中は長い吐息を漏らすと、銚子を手にして独酌した。西日に染まった障子に楓《かえで》の影が映っていた。

「そなたにだけまかせるのは心苦しいのだが、承知した。もしものときには、妻女と生まれてくる子の面倒は引き受けた」

「そうしていただければありがたき幸せ。よろしくお願い申しあげます」

久右衛門は丁重に頭をさげた。

「いやいや、そんなことをされてはかえって恐縮だ。礼をいわねばならぬのはわたしのほうではないか。それより鈴森、わたしの勝手な望みであるが、死なんでくれ。生きのびてくれ。きっと、新見を倒してくれ」

端正な顔に悲壮感をただよわせる今中は、目を潤ませていた。

「今中様、まだ死ぬと決まったわけではありません。話し合いで、あやつが折れてくれれば、ことは大過なく終わるのです」

「むろん、それに越したことはないが……」

「まずは新見と話をいたします。あとのことはそれ次第です」

「そなたには頭があがらなくなった。すまぬな鈴森……」

衰えた日の光がすうっと消えてゆき、通された客座敷がうす暗くなった。

「もう間もなくだと思いますので、もうしばらくお待ちください。それにしても、遅うございますねえ」

新しい茶を差し替えにきた行蔵が、申しわけなさそうな顔をして玄関を振り返った。

「気にするな。じきに帰ってくるだろう」

伝次郎は平静な顔で行蔵にいったが、そのじついやな胸騒ぎを覚えていた。久右衛門からの呼びだしである。もしや、いまこのときにも新見新五郎と立ち合っているのではないだろうかと思うのだ。

しかし、行蔵には上役に会ってすぐに帰ると伝えている。伝次郎は言葉どおりであることを願っていた。

「部屋が暗くなりました。あかりを……」

行蔵は気を利かせて、家のなかにある燭台や行灯に火を入れていった。蠟燭に火がともると、伝次郎の影が唐紙に大きく映った。

表で鳴いていた蟬の声が小さくなっている。

伝次郎が湯吞みをつかんだとき、足音がして久右衛門の声がした。

「遅くなった。来ているか？」

「はい、さっきからずいぶんお待ちです」

行蔵には答えずに、久右衛門は廊下をまわりこんで伝次郎の待つ客間に姿を見せた。

「待たせたようですまぬ」

「いや、よい」

伝次郎は、無事な姿を見てほっと胸をなでおろしていた。

「行蔵、人払いだ」

茶を持ってきた行蔵に久右衛門は告げた。

「相談があるらしいが……」

久右衛門は扇子を開き、ゆっくりあおいだ。その目は行蔵が閉めた襖に向けられていた。伝次郎も行蔵の足音が遠ざかるのを聞いている。

「例のことだ」

久右衛門は小さくいった。

「さっき、今中様と話をしてきた。新見をどうするかということだ」

「……それで」

伝次郎は久右衛門をまっすぐ見る。

「折り入っての相談……いや、頼み事がある。その前にきちんと話をしなければ、おぬしも納得がいかぬだろう」

久右衛門は茶に口をつけてからつづけた。

「今中様は、新見が不正の届けを出した証拠をかためられた。そのことでやつを追い落とすことはできるだろうが、厄介《やっかい》なのは新見が今中様の不義を知っていることだ。今中様が知らぬ存ぜぬをとおしたとしても、香山清左右衛門様の心証を悪くするばかりでなく、妻女を責められたあとで、今中様を問い詰められるだろう。今中様は実直で豪気な方だ、問い詰められたら白状されるだろうし、香山様の妻女も観念されると思われる。そうなったとき、今中様は詰め腹を切られる恐れがある」

「……今中様がそう申されたか」

いいやと、久右衛門は首を振った。つまり先読みをしているのだ。

「今中様は安泰でなければならぬ。人望の厚い人であるし、徒衆からも頼られている。香山様の妻女と関わられたのは気の迷いに過ぎぬ。ときとして、人はそんなことがある。それに二人の間柄を知っているのは新見とおれだけだ。おれが目をつむり、口を閉ざしておれば、波風は立たぬ。それに、今中様は香山様の妻女とは手を切られている。無用に騒ぐようなことではない」

「いかさま、な……」

「新見の不正届けは一度ではない。先だっては病気断りが偽りであったのを、おれが知ったが、今中様はそれ以前にも新見が病気断りや看病断りで、役目を怠っていたことを調べられた」

病気断りは本人が病気を患ったときの届けで、役目を休むことができる。看病断りは、両親と妻子が病気になったときに出仕に対しての遠慮願いを出すことである。家族の病気は疱瘡《ほうそう》や麻疹《はしか》、水痘《すいとう》などが対象ではあったが、そのかぎりではなかった。

「近いうちにおれは新見と話をして、これまで受けた屈辱を晴らすためにきつく意見する。そのおりに、やつの不正届けを突きつける」

「それで新見新五郎が折れると……」

「それはわからぬ。折れたとしても、やつは今中様の弱味をにぎっている。咎を受け、組頭から組士《くみし》に落とされたとしても、今中様を強請《ゆすり》つづけるだろう。それを防ぐために、新見と取り引きをする」

「新見の不正を見逃し、今中様の不義を伏せてもらうと……」

「いかにも」

「新見が納得しなかったら……」

「話はそれで終わりだ。やつを斬ることになる」

「斬れるか……」

伝次郎は久右衛門を凝視した。久右衛門は固い決意を目にあらわしているが、それにはかすかな不安の色がまじっていた。

「わからぬ。刺し違える覚悟ではあるが、できぬかもしれぬ」

伝次郎は目に力を入れて久右衛門を見る。

「そのときのために、おように去り状を書いてわたすつもりだ。私闘は御法度であるからな。憮育の金も用意してある。それに、おれがいなくなったあとのことも今中様に頼んできた」

久右衛門が負ければ、新見は弁解ができる。私闘を申し込まれたので、受けて返り討ちにしたと。それで罪はまぬがれるし、責められてもいいわけはつく。つまり、負ければなんの益もないということである。

「新見との対戦の場に、今中様はお見えになるのだろうな」

「いや、断った」

伝次郎は眉を曇らせた。

「あくまでもおれと新見の戦いだ。今中様を私闘の場に出すわけにはいかぬ」

伝次郎は冷めた茶に口をつけた。それから日の落ちた暗い庭に目を向け、久右衛門に顔を戻した。

「もし、おまえが勝てばどうなる？」

「咎は受けぬ。偽りの届けを責めたところ、いきなり斬りつけられたので、返り討ちにしたと……。そのおりには今中様が助をしてくださる」

「しかし、立ち合いの場に今中様がおられないのはいかがなものか」

「そのことで頼みがあるのだ」

久右衛門はがばりと両手をつき、

「伝次郎、今中様の代わりにおぬしが立ち会ってくれないか。もし、立ち合いの場に今中様がおられ、もしものことになれば、悲しむものが多すぎる。今中様には三人の子がある。両親は老いてはおられるがご健在だ。奥様もおられる」

「おまえにも悲しむ人がいる」

「それはひとりだけだ。それも離縁後のことであるから、累は及ばぬ。伝次郎、頼まれてくれぬか。これこのとおりだ」

久右衛門は額を畳につけた。

「……小太郎」

伝次郎は久右衛門を幼名で呼んだ。驚いたように久右衛門が顔をあげた。

「水くせえことをいうんじゃねえ。おれとおまえの仲ではないか……」

伝次郎はやわらかい笑みを浮かべた。

とたん、久右衛門の両目から涙があふれた。

「かたじけない、かたじけない……」

二

　おようは庭先にかがみ込んで、大きく花を開いている朝顔に顔を近づけた。かすかな花の香りを嗅ぐことができた。頰に朝日のあたっている感触がある。

　うっとりとした顔を、朝顔から離すと、空をあおいだ。あかるい日の光が、病んでいる目にもまぶしい。

　そっと腹に手を添えてさすってみた。かすかにふくらみはじめているのがわかる。つわりの症状がやわらぎ、体は楽になっていた。

（生まれてくる子が元気で、ちゃんと目が見えますように……）

　おようは日に何度も同じことを胸の内でつぶやいていた。

「およう、およう……どこにいるんだい」

　戸口のほうからおけいの声がした。

「ここよ、おっかさん」

「なんだい。庭におりて大丈夫なのかい」

おけいが縁側にやってきた。

「これぐらい平気よ。それに、体を動かしておかないと、お腹の子にもさわりますからね」

「転んだりしたら、それこそ目もあてられないよ」

「ご心配なく。そそっかしいおっかさんより、気をつけているんだから」

「まったくおまえも口の減らない嫁になったもんだ。御武家に嫁ぐと口が達者になるのかねえ。さあ、早くあがっておいで……」

おようは庭下駄を脱いで居間に戻った。

「今日は届け物があるから、帰りは昼過ぎになるよ」

おけいは縫いあげた反物《たんもの》を重ねながらいう。

「慌てて帰ってこなくてもいいわよ」

「そうはいかないよ。でも、こんな狭苦しい家にいたんじゃ毎日退屈じゃないかい。鈴森様の家は広いし、気も紛れるだろうに……」

「なんだかわたしが邪魔者みたいじゃない」

「そうじゃないけど、鈴森様ひとりにしておいていいのかい？」

「…………」

「鈴森様も鈴森様だけど……。いつまでもここにいるわけにはいかないだろう」

「…………」

「いつになったら迎えが来るのかね」

「わたしに大事を取らせておきたいのよ。屋敷にいれば何かと気を使わなければならないから……」

「そうはいっても、おまえは孕んでいるんだからね。さ、支度ができたから、行ってくるよ」

おけいは風呂敷包みを持って家を出ていった。

何かとおしゃべりな母親がいなくなると、急に家のなかが静かになる。

およう は壁に背なかを預けて、流れてくる風を肌に感じた。団扇を手に取り、もの憂い顔であおぎながら、先日、行蔵にいわれたことを思いだした。

久右衛門は離縁を口にしたが、本心ではないということだった。客や役下の組士にも、離縁話は一切していないという。しばらくの生計だといって、過分な金ももらっている。

それなのに、いつまで放っておかれるのかしらと思わずにはいられない。たしかに屋敷にいれば、気詰まりなことや気を使わなければならないことも多いが、やはり久右衛門のそばにいたいと思う。

かといって、久右衛門がいたずらに離縁を口にしたとも思えないのである。そのことを考えるたびに、およう は胸が塞ぎそうになる。いっそのこと、ちゃんと三行半《みくだりはん》を突きつけられたほうが楽になるとさえ思う。

ふと、おようの脳裏に嫁いだ日のことが甦った。

それは、おようが初めて久右衛門の屋敷に入ったときのことだった。どうやってこれから先、夫となった久右衛門に接してよいかわからず、さざ波を打つように胸が騒いでいた。

そんな自分の狼狽を誤魔化すように庭におりたおようは、そこに咲く夾竹桃の花に顔をよせて、

「何といい香りなんでしょう」

と、久右衛門を振り返った。

すると、縁側から踏み石に足をおろして久右衛門がそばにやってきた。さりげな

く夾竹桃の白い花を手折《たお》ると、およようにわたしてくれた。

「そなたによく似合う花だ」

そういった久右衛門は、およようのか細い肩に手をかけたかと思うと、何のてらいもなく唇を奪ったのだった。それはおようが初めて味わう甘美《かんび》なものだった。

そして、その夜、おようは久右衛門によって大人の女に変えられたのだった。そのとき、おようは親子ほど離れている夫ではあるが、この人に一生仕えるのだとかたく心に誓ったのだった。


「たァけや、たけやー、たァけや、たけや……」

竹売りの声で我に返ったおようは、過去の思い出を忘れようと、小さくかぶりを振った。

(いまになってみれば、甘くせつない来し方でしかないのだから……)

壁から背中を離したおようは這うようにして、母親の使っている針箱に近づいた。手探りで針をつかみ、反物《たんもの》を手にする。そのまま糸を通していない針を、反物に刺して針を運んでゆく。

縫い仕事ならできるかもしれないと思い、母親の目を盗んでやっていることだった。最初はうまくいかなかったが、だんだん慣れてきて手際がよくなった。一度、糸を通した針で縫ってみたことがあるが、うまくいかなかった。

それでも失敗を繰り返すうちに、上達する感触をつかんでいた。

(これなら自分にもできるかもしれない)

目が悪くても女にできる仕事はないかと思っていた矢先のことだったので、かすかな光明を見出したのだった。

糸なしの針を運んでいるうちに、指先にちくっと小さな痛みが走った。

おようは思わず指を離して、口に持っていった。血の味がした。突如、どうしようもないむなしさと、胸を締めつけられるような苦しみに襲われた。

おようは小さく肩をふるわせた。助けてほしかった。心強い人のそばにいたいと無性に思った。しっかりしなければならないと、胸の内にいい聞かせているおようだが、やはりか弱く脆《もろ》い自分がそこにいた。

いつしか嗚咽《おえつ》を漏らしながら涙を流していた。

「旦那様……」

おようはふるえる声を漏らして、久右衛門の顔を瞼の裏に浮かべた。

三

戸口の向こうに真っ白い光がある。

伝次郎は目の前を飛び交う蠅を手で払い、体に浮いた汗を拭いていた。

朝稽古のあとだった。いつもなら朝日がのぞくころに稽古を終えるが、その朝はひとつひとつの動きを確認しているうちに、長い時間を過ごしたのだった。

足さばき、腕の動き、それに連動する身のこなし……。若いときとちがい、体の切れが悪くなっていることを自覚するが、それを補うのは、呼吸と間であった。

仮想の敵を頭で想像し、それらの動きを丹念にたしかめた。

(鈍い)

と思ったときは、同じことを何度も繰り返した。

すぐに納得できるわけではないが、毎日つづけるうちにカンは取り戻せると考えていた。ようは稽古を怠らずにつづけることである。

伝次郎がもっとも大事だと思うのが、

――剣は瞬息《しゅんそく》でなければならない

ということだった。

稽古に熱を入れるのは、新見新五郎のことがあるからである。新見は今中藤兵衛が雇った剣客をただの一刀で倒したという。

倒されたのは広津祐右衛門という某道場の師範代であった。場末の道場であろうが、師範代ともなれば、それなりの腕があるはずだし、日々の鍛練も新見以上のはずだ。そんな男をあっさり倒すというのは、新見が並の腕ではないということである。

（油断はできぬ）

伝次郎は気を引き締めていた。

ようやく汗が引いた。腹掛けをつけ、船頭半纏を肩にかけ、船着場に向かった。

通りにある商家はすでに暖簾をあげ、商売をはじめている。

蟬の声も相変わらず高い。風鈴屋が涼しげな音をさせて高橋をわたっていった。すれ違うように水売りがやってくる。

ひゃっこい、ひゃっこい……。

売り声はどこかのどかである。

伝次郎は猪牙に乗り込むと、舳先を大川にまわして岸壁を棹で突いた。大きな弧を描いている万年橋の向こうにきらめく川があり、そのずっと向こうに夏の富士がかすんでいた。

いつもと変わらずに仕事をはじめた伝次郎だったが、客を乗せている間も久右衛門とおようのことが頭から離れなかった。

久右衛門は新見新五郎と話し合いをするといった。うまく折り合いがつけばよいが、話を聞いたかぎり新見という男は一筋縄ではいかないようだ。

最悪の事態を考えておかなければならないし、おそらくそうなるだろうと伝次郎は腹をくくっていた。津久間戒蔵を倒すまでは自分は生きていなければならない。旧友のためとはいえ、無駄死にはできない。

そういった雑念を払うことができずにその日の仕事を終えたのは、薬研堀から乗せた客を向島に届けたあとだった。

すでに日は傾き、町屋は橙色《だいだいいろ》のあわい光につつまれていた。

伝次郎は川船の決まりを守り、川のなかほどをゆっくり下っていた。今日にも久右衛門からの使いがあるかもしれない。そう思うと気が気でない。

伝次郎は流れにまかせていた舟を急がせるために、棹を川底に立てた。

四

久右衛門は池之端仲町《いけのはたなかちょう》にある「松金楼」という料理屋の二階で、新見新五郎を待っていた。窓の外に闇のおりた不忍池《しのばずのいけ》が広がっている。池のところどころが暗くなっているのは、昼間青々としている蓮であった。

空には月が浮かび、星がまばらに散らばっていた。

廊下に足音がしたので久右衛門は緊張した顔を障子に向けたが、その足音は他の部屋に消えていった。心を落ち着かせようと、さっきから酒をちびちびやっている。

頭のなかにはこれまで考えてきたことが、あれこれと錯綜《さくそう》していたが、いうべきことはごく簡単なことである。

（今夜は直截にいう）

そう決めていた。

新たな足音がしたので、久右衛門は高足膳から顔をあげた。

「新見だ。鈴森の客間だな」

「お待ちしておりました」

声を返すと、新見新五郎が障子を開けて入ってきた。

そのまま目の前に座るかと思ったが、新見はずかずかと窓際まで行き、

「古い店だが入ってみれば、なかなか趣のあるところであるな。気に入った。今度また使わせてもらおう」

と、独り言めいたことをいってから、久右衛門の前にどっかりと座った。

「相談があるということだが……」

新見は狐目を細めて見てくる。

「はっきりと申しあげたいことがあります」

「ほう、相談事ではなかったのか……」

新見は蔑《さげす》んだようにいって盃を掲げた。

酌をするのは癪であるが、久右衛門は応じてやった。新見はそれを一息であおり、

つぎの一杯を独酌した。

「これまでの新見さんがわたしに吐かれた言葉ですが、お控え願いたい。わたしの前でおっしゃることであればまだしも、陰でこそこそと悪口をいわれるのは心外です」

「陰口《かげぐち》……」

新見は細い目に針のような光を宿した。色白の顔は行灯のあかりに染められていたが、にわかに紅潮するのがわかった。

「わたしのことを種なし呼ばわりされ、妻のことを石女だと申されたとか……。なにゆえそのような心ないことを口にされる」

「……ふむ、あのことを怒っているのか。まあ酒の席でのこと、まわりを楽しませるために口が滑っただけだ。それにしても誰がそんなことを告げ口した？」

「告げ口されるようなことをいわれた、新見さんの人柄が問われることではありませんか。侮辱されるのにもほどがあります」

「これはのっけから手厳しいことを申す」

新見は口の端に冷笑を浮かべた。

「謝罪していただきたい」

「なに、謝罪だと……」

新見の顔がこわばった。

「わたしの何が気に食わないのかわかりませんが、愚弄《ぐろう》されたまま黙っているわけにはまいりません。このままでは恥をさらして歩いているようなもの。立場が逆であったなら、新見さんとて腹を立てるのではありませんか」

久右衛門は目に力を入れて新見をにらむ。

「おれはほんとうのことをいったに過ぎぬ。子ができないから種なし、子を産めぬ女房は石女というではないか。それがたまたまおぬしのことだったというだけのことだ。些細なこと……。聞き流しておればすむことであろう」

久右衛門は拳に力を入れた。この場で斬り捨てたい衝動に駆られるが「抑えろ、抑えろ」と自分にいい聞かせる。今夜はあくまで平常心で話をしなければならない。

「では、謝罪は結構。ただし、今後、口をお慎みいただけますか？」

「そう目くじらを立てられてはかなわぬから、心がけよう」

「ついては、新見さんには問題があります」

久右衛門はいよいよ本題を切りだした。

「問題、だと。何だ？」

新見は盃を高足膳に戻した。

「あなたは、先日病気断りを届けられ役目を休まれている。ところが、病気のはずのあなたは夜になると花街に出かけ、酒肴を楽しんでおられた」

「…………」

新見は口を引き結んだ。

「それだけではない。以前にも同じようなことがあった。看病断りを出しての役目怠慢は一度や二度ではない。お身内に病気をされた方はいなかった」

「ふん、何を証拠に埒もないことを……」

「証拠はあります」

久右衛門の静かな口調に、新見は口に運んでいった盃を途中で止めた。

「動かぬ証拠です。医者を抱き込んでの仮病《けびょう》を使ってはおられませんか……」

新見の目に焦りの色が浮かんだ。

「これが表沙汰になれば、新見さんの身は安泰ではない。偽の届けを出しての御法度破りとなれば、閉門《へいもん》や蟄居《ちっきょ》ではすまされませぬ。おそらく改易《かいえき》に準ずる処罰がくだされましょう」

改易とは、領地や家禄、主君より拝領した家屋敷などを没収し、武士たる身分を剝奪《はくだつ》して庶民とするものであった。

「……おれを脅すつもりか」

「真実を申しているだけです」

毅然という久右衛門に、新見は急に醒めた顔になった。

「ただし、このことをわたしの胸にたたみ込んでおけば、何ごともなくすますことができます」

新見は久右衛門の言葉をすぐに理解できないのか、怪訝《けげん》そうな顔をした。

「どういうことだ？」

そう問う目には、探りの色があった。

「まず、わたしに対するこれまでの無礼に詫びを入れてもらい、今中様への無用なはたらきかけをやめてもらうことです。すべて申さずとも、胸に手をあてられれば自ずとおわかりのはず……」

「さては、今中様の指図であるか」

新見は口をゆがめて、吐き捨てるようにいった。目に怒りの炎が立った。

「いいえ、これはわたしひとりの考えです。いかがされます？」

久右衛門は新見を凝視した。一歩も後へは引かぬという強固な意志があった。

新見は悔しそうに唇を嚙んで、視線を彷徨わせた。不忍池から吹き込んでくる風が風鈴を、ちりんちりんと騒がしく鳴らし、蚊遣りの煙が巻きあげられた。

「さっき、証拠があるといったな。ここにあるのか？」

新見はひとつの光明を見出すような眼差しを向けてきた。

「いいえ、ありません。しかし、用心のために口上書《こうじょうしょ》は取ってあります。もっとも、それがなくとも、目付が雲斎《うんさい》という医者を調べればすむこと。目付に届けを出せば新見さんの未来はないということです。お控えください」

久右衛門は最後にぴしりといった。新見が差料《さしりょう》に手をのばしたからだ。

「ここでわたしを斬ろうとしても無駄なこと。今夜ここでわたしが新見さんと会っているのを今中様はご存じです。もし、わたしの身に何かあれば、今中様は目付に会うことになります」

「くっ……」

新見は刀にのばした手を引いて、盃を荒々しくつかむと酒をあおった。

「おぬしの相談とは、この取り引きであったか……」

「どう受け取られようが、それは新見さんの勝手。さあ、いかがされます」

「断るといったらどうする」

キッとした目を新見が向けてきた。久右衛門はこめかみをぴくりと動かして、眉宇をひそめた。

「鈴森、おれを甘く見るな。今中様がその気なら、おれにも考えがある」

「………」

「もし、おれのことが目付に伝わるようなことになれば、おれは今中様が香山清左右衛門殿の妻女とどういう仲であったかを広言する」

久右衛門は内心で舌打ちした。まさか新見がそんなことをいい出すとは、算盤《そろばん》ちがいだった。そのように開き直られたら、今中の立場が弱くなる。

「許せませんな」

「ほざけ、何を許せないと申す」

「あなたは汚い。それ以上の言葉はありません」

「きさま……」

新見はいまにもつかみかからんばかりの形相になって、久右衛門にぎらついた目を向けた。

「何の相談だろうかと楽しみにやってきたが、まずい酒になった。きさまの脅しに乗るようなおれではない。今中様にもそう伝えておけ」

「お待ちください」

久右衛門は腰をあげようとした新見を、制するように片手をあげた。

「こうなったからにはいたしかたない。立ち合いを願います」

「なんだと。まさか、おれに果たし合いを挑むと申すか。鈴森、教えてやるがきさまのような腰抜け侍におれが斬れると思っているのか。笑止千万《しょうしせんばん》だ」

わはははと、さも愉快そうに新見は笑った。

「受けてもらいますよ」

久右衛門の言葉に、新見は水が引くように笑いを消した。

「果たし合いは御法度だ。だが、きさまが乱心《らんしん》のうえ、おれに斬りつけてきたとなれば話はちがう。よかろう、受けてやる」

「明後日はお互い非番です。明後日でいかがです」

「よいだろう。おぬしはなかなかの知恵者、奸計《かんけい》を仕組まれてはかなわぬから、刻限と場所はおれが決める」

「……承知」

「では、明後日を楽しみにしているが、今夜帰ったら身辺の整理をしておくことだ。おれは気乗りのしない席にわざわざ足を運んできたゆえ、ここの払いはきさま持ちだ」

新見はそのまま部屋を出ていった。

ひとり残った久右衛門は、盃になみなみと酒をつぐと、それを一気にあおった。

五

自宅屋敷に帰った久右衛門は、そのまま奥の座敷に行き文机《ふづくえ》に向かった。一筆したためるのは、およう への去り状である。

よもやこんなことになろうとは思わなかったが、致し方のないことであった。一字また一字と運ぶ筆が、これほど重いとは思わなかった。

およはまだ若い。身ごもっているらしいが、去り状をわたしておけば、また再婚も可能である。せめてもの思いやりではあるが、おようとは一生を共にしたかった。それが残念でならない。

(待て……)

筆を止めた久右衛門は表の闇を見つめた。

(なにを弱気になっている。おれが負けると決まったわけではないではないか)

最悪討ち死にするかもしれないが、うまくいけば刺し違えることもできる。運がよければ生きのびられるかもしれないのだ。

万にひとつも勝てる見込みはないと思うが、それでもあきらめてはならないと自分にいい聞かせる。

それでも去り状は書いておかなければならない。久右衛門は気を取りなおして、一気に書きあげると、封をして糊付《のり》けをした。

「行蔵、これへ」

居間のほうに声をかけると、行蔵がやってきた。

「頼みがある」

「はい」

「これを明日、およようにわたしてくれ」

久右衛門は去り状の入った封書をわたした。

「ただし、開封するのは明後日以降だと、きっと申しつけろ。その前にあけてはならぬと……」

「あ、はい」

「それから、もしわたしの身になにか起きたならば、およように金をわたしてもらいたい。それは明日おまえに預ける」

「旦那様、いったいなにをお考えで……わたしは恐ろしゅうございます。何をお悩みなのか知りませんが、危ないことはおやめください」

「懸念するな」

「いえ、このごろの旦那様はどこか変です。いったい何があったんでございます。わたしは長年、鈴森家に仕え、旦那様との付き合いも長うございます。わたしにも打ちあけられないことでございますか」

行蔵は膝をのりだして、泣きそうな顔をする。

「大袈裟に考えるな。わたしは武士としての備えをしているだけだ」

「しかし……」

行蔵はうなだれて受け取った封書を見た。

「伝次郎の家を知っているな。教えてくれるか」

「へえ」

行蔵は事細かに伝次郎の自宅長屋を説明した。

「何とかわかるだろう。では、出かけてまいる」

「これからでございますか。遅うございますよ」

「何を申す。まだ宵の口だ」

提灯を用意した行蔵は自分もついていくといったが、久右衛門はそれを断って家を出た。

伝次郎が湯呑みを台所の流しに運んだとき、戸口に人影が立った。目を向けると、

「伝次郎、邪魔をいたす」

という声のあとで、腰高障子が開けられた。

「久右衛門……」

「今日、新見新五郎と話をしてきた」

「見てのとおりの狭苦しいところだが、あがってくれ」

居間と寝間に使っている部屋で二人は向かいあった。

「どうなった……」

「思いどおりにはいかなかった」

久右衛門はそういって、新見とのやり取りをかいつまんで話した。

「……そうであったか」

すべてを聞いた伝次郎は小さなため息を漏らした。

「明後日、新見が果たし合いの場所と時刻を知らせてくる。すべてはそのときに決まる」

「さようか……」

「やはり、おれは新見と立ち合う。そうしなければ武士としての面目が立たぬ。おまえにはいらぬ心配をかけさせてしまい、申しわけないことをした」

「待て。まさかおぬしひとりで行くというのではなかろうな」

「そのつもりだ」

「相手が相手だ。何か策を弄《ろう》しているかもしれぬ」

「そこまではしないだろう。新見はおれをすっかり見くびっているし、余計な策をこうずることもないはずだ。新見にも武士の一分はあるだろう」

「今中様は立ち会うのか？」

「いや、あの人は呼ばない。あくまでも決着をつけるのはおれだ」

伝次郎は黙り込んだ。一度膝許に視線を落としてから、久右衛門を見た。

「おれが付き合う。先日もおれは立ち会うといったはずだ。勝負がどうなろうと、あとの始末をしなければならぬ。邪魔はせぬ。おれを連れて行くんだ」

伝次郎はじっと久右衛門を見た。視線をぶつけあううちに、伝次郎は心の通い合いを感じた。

（おれを連れて行け）

心で念じると、久右衛門は口を引き結び、顎を引いてうなずいた。

「よいだろう。もしものときは、おれの骸《むくろ》をおまえに預ける」

「引き受けた」

伝次郎が答えると、久右衛門は、ほっと安堵したような吐息を漏らした。

「あとの備えはすべて終えた。おようへの去り状も書いた。憮育の金も万全だ」

「そうか……」

「生まれてくる子をひと目見たいとは思うが、はたしてそれがかなうかどうか……しかし、それも運命だ」

「…………」

「伝次郎、では新見から知らせが入ったら、使いを出すことにいたす」

「うむ」

いいたいことは山ほどあるはずなのに、伝次郎は何をどういえばよいかわからなかった。

「おまえがついてきてくれれば、心強い。それが唯一の救いかもしれぬ」

長屋の木戸口でそういって笑みを浮かべた久右衛門の顔が、泣き崩れそうになった。それを嫌うように久右衛門は背を向けて歩き去った。

六

伝次郎は翌日、仕事を休み、一歩も長屋を出ずに久右衛門からの知らせを待った。しかし、その日は何もなかった。

待っていた知らせが入ったのは、翌日の朝五つ（午前八時）過ぎだった。

久右衛門と新見新五郎の決闘の場所が決まった。

妻恋坂上の稲荷社境内脇の林——。

時刻は昼八つ（午後二時）であった。

久右衛門は直接向かうということだった。使いの小者からもらった手紙をまるめた伝次郎は、早速支度にかかった。

食は進まなかったが、軽く昼餉をすますと、棒縞の小袖に大小を帯び、深編笠《ふかあみがさ》を被って長屋を出た。舟を使おうかどうしようか考えたが、歩いて行くことにした。

夏の日射しは相変わらず強く、大橋をわたり両国広小路に出るころには、背中に汗のしみが広がっていた。佐久間河岸の前で一度休みを取り、麦湯で喉を潤して時間を繰り合わせ、約束の刻限より早く妻恋坂を上った。

神田明神の北にある急坂で、坂下は岡場所になっていて昼間はひっそりとしている。坂の途中は、両側から樹木がせり出しており強い日射しを遮っていた。

坂下から吹きあげてくる風もあり、幾分かは汗がおさえられた。坂上には妻恋稲荷がある。「夢枕《ゆめまくら》」と呼ばれる鶴亀や宝船を描いた刷り物が評判で、江戸のものに人気があった。

新見が呼びだした場所は、その境内東側にある雑木林だった。

銀杏《いちょう》や椎の大木が林立しているが、大きな枝葉の下には五間四方ばかりの開けた空間があった。伝次郎は周囲に注意の目を向けて、奥へ進んだ。

久右衛門の姿も、新見新五郎の姿もなかった。

もしや新見の手配りをしたものがひそんでいるかもしれないと危惧していたが、どうやら杞憂だったようだ。

伝次郎は奥に立つ椎の大木の根方に腰をおろして待つことにした。木の上から蟬時雨が降ってくる。日を遮る枝葉が地面に斑《まだら》模様を作っていた。

ほどなくして久右衛門が現れた。伝次郎は木の陰に身をひそめて、声をかけなかった。

久右衛門は悲壮なほどの決意を面上に刷いていた。緊張しているようだ。木の下の広場で仁王立ちになると、鉢巻きを締め、襷《たすき》をかけて股立ちを取った。

ときどき落ち着かなげに周囲を見まわした。

しばらくして、昼八つを告げる上野寛永寺《かんえいじ》の時の鐘が青空をわたっていった。

新見新五郎が姿を見せたのは、その鐘が鳴りやんだあとだった。悠然と歩いてくると、久右衛門と向かいあって立ち止まった。連れはいない。

「鈴森、やはりきさまは乱心したのであろう。どう考えても尋常とは思えぬ。されば覚悟はできているのであろうな」

新見は口の端に嘲笑を浮かべていた。

「乱心とは無礼なッ」

二人のやり取りを聞いている伝次郎は、新見が自分の正当性を強調しているのがわかった。逃げの口上であるが、念を押すことで罪から逃れることができる。

「もはやきさまと無駄口をたたくのも億劫《おっくう》だ」

新見は股立ちを取る。久右衛門が心許ない顔でまわりを見た。不審に思ったらしい新見が、「何か存念でもあるか？」と、訊ねる。

「いや」

「では、勝負」

新見が刀を抜いた。久右衛門も刀を抜いて、間合い二間で対峙《たいじ》した。

「待て」

伝次郎の声に、二人の注意がそれた。

「何者だ？」

新見が眉間にしわを彫って伝次郎をにらんだ。

「元南町奉行所同心、沢村伝次郎」

「なにッ……」

「おてまえの相手は、鈴森久右衛門ではない。拙者が相手つかまつる」

「伝次郎、下がっておれ」

久右衛門がそういったとき、伝次郎は俊敏に前に飛ぶなり、久右衛門の鳩尾に拳を埋め込んでいた。

「うっ……」

久右衛門はそのままうずくまって立てなくなった。

「見てのとおり、この男はおてまえの相手ではない」

「鈴森、はかりおったな」

「はかりごととは、おてまえの十八番《おはこ》ではないか新見新五郎」

「くッ、たわけたことを。こうなったらきさまから片をつけるまでだ」

伝次郎はさっと腰を落としざまに刀を抜き、右八相に構えた。

新見は青眼で間合いを詰めてくる。

針でつつけば破裂しそうな緊張感が高まる。すでに、伝次郎の耳には蟬の声も木々を揺らす風の音も聞こえていない。

すり足を使う新見の動きを注視し、静かに間合いを見定める。新見の右踵がかすかに持ちあがった。同時に刀が上段に振りあげられ、一足飛びで撃ち込んできた。

伝次郎は逃げずに、下から新見の刀をすりあげると、横に受け流して、横鬢《よこびん》を斬りにいった。しかし、これは紙一重のところでかわされた。

「むむッ……」

体勢を整えた新見の双眸に必死の色が浮かんだ。伝次郎の腕に驚いているのだ。

伝次郎は自ら仕掛けなかった。柄を持つ手からわずかに力を抜くと同時に、肩の力をも抜く。刀はやわらかく持つことで鋭く振れる。

一呼吸あって、新見が面を割るように撃ち込んできた。伝次郎は一歩足を引き、その斬撃をすり落とすようにかわし、右にまわりこんだ。

転瞬、新見は驚くほどの身のこなしで、とんと跳躍すると、伝次郎の左肩を狙って刀を斬りさげる。刃風がうなり、袖口が一寸ほど断ち切られた。

一瞬後、二人は間合い二間に離れて向かいあった。伝次郎の額に浮いた汗が、眉間から鼻の脇へ、さらに頬から顎へとつたう。

新見は喘《あえ》ぐように肩を上下に動かしている。体力がないのだ。対する伝次郎の息は切れていない。つつっと、爪先で地面をつかみながら間合いを詰めた。

いやがるように新見がさがる。まなじりをつりあげたその目から、傲慢《ごうまん》な余裕が消えていた。口の渇きを癒すように喉仏を動かしてつばを呑む。

伝次郎は一寸、また一寸と間合いを詰める。新見の喉に向けた剣尖《けんせん》がきらりと光をはじいた。周囲は蟬の声につつまれている。

足許を吹き流れる風が土埃を巻きあげたとき、新見が迅雷《じんらい》の突きを送り込んできた。

伝次郎が半身をひねってかわすと、新見はつぎの攻撃に備えてすばやくさがった。

伝次郎が動いたのはその一瞬だった。

さがる新見を追うように前へ飛び、深く膝を折った体勢から刀を逆袈裟に振りあげた。

夏の光のなかに血煙があがり、ぽたぽたっと、乾いた地面が赤い血で染まった。

ゆっくりと前のめりに倒れた新見新五郎は、すでに息をしていなかった。

伝次郎は懐紙で刀をぬぐうと、腰を折ってしゃがみ込んだまま呆然としている久右衛門を見た。わずかに乱れた呼吸を、肩を動かして整えた。

「意見をしたおぬしに、新見新五郎は乱心し、いきなり斬りつけてきた。おぬしはとっさのことに慌てたが、うまく相手の一撃をかわして、斬り捨てた」

「…………」

「そういうことだ。そういうことだぞ、久右衛門。わかっているな」

「あ、ああ」

気の抜けたような返事をして、久右衛門はようやく立ちあがった。

「死体はどうする」

「このまま放っておくわけにはいかぬ。近所の辻番に言って、運ばせることにす
る」

「それがよいだろう」

「伝次郎、あとの始末をつけなければならぬ。おまえは去れ。いれば面倒なことに
なるやもしれぬ」

「そうしたほうがよいだろう」

伝次郎は刀を鞘に戻すと、股立ちを外し、脱いでいた深編笠を拾いあげ、再び久
右衛門を見た。木漏れ日を受けた久右衛門の顔は蒼白だった。

「おようは連れ戻すのだろうな」

「……そのつもりだ」

そういった久右衛門の目には迷いがあった。

「おれがおまえに会ったのも何かの縁、おようと結ばれたのも何かの縁のはず。一
生を共にすると誓い合った仲ではないのか」

千草からの受け売りではあったが、伝次郎がいまいうべきことはそれ以外にはな

かった。

「……たしかに」

「元の鞘に戻るのだ。おようはおまえの跡取りを身籠《みご》もっている。もはやおまえの苦悩は拭い去られたはず。か弱い妻をこれ以上悲しませることはないだろう」

「……うむ」

「目付の調べを受けることになるだろうが、もしやそのことに不安があるというのではなかろうな」

「いや、それは首尾よくいくはずだ」

「ならば、おようを粗末にはできないだろう」

「……わかっている」

伝次郎は久右衛門をしばらく凝視し、

「これ以上差し出がましい口は挟まぬ。おれはただ、おまえとおようの幸せを願うだけだ。では……」

といって去りかけたが、

「伝次郎」

すぐに呼び止められた。

「助かった。何もかもおまえのおかげだ。礼を申す」

目に涙をため、深々と頭をさげる久右衛門に伝次郎は、

「礼などいらぬ。だが、およう を迎えに行くときは、おれの舟を使ってくれるか」

といって、片頬に小さな笑みを浮かべた。

「心得た。きっとそうする」

七

斜陽《しゃよう》が長く影を引いていた。

伝次郎は万年橋をくぐって、芝翫河岸に猪牙を戻していた。穏やかな小名木川の水面がてらてらと光っている。

川底に棹を突き立て、舟の速度をゆるめると、そのまま舳先を船着場に向けた。

新見を倒して二日が過ぎていたが、久右衛門からの沙汰はなかった。おそらく目付の調べを受けていると思われるが、よもや咎を受けてはいないだろうかと心配にな

っていた。

「沢村様」

猪牙を岸壁につけたとき、行蔵が雁木を駆けおりてきた。

「お待ちしておりました」

「何かあったか？」

「いえ、旦那様からのいいつけで、沢村様の舟でご新造様をお迎えにあがりたいんでございます。行ってもらえますか」

「無論だ。乗れ」

伝次郎は破顔して行蔵を舟に乗せた。

「大変なことがあったんでございます。旦那様のご同輩に新見様という組頭がいらっしゃるんですが、その方が乱心され旦那様に斬りかかったそうなんです」

伝次郎が舟を出すと、行蔵がそんなことをいった。伝次郎は黙って舟を操る。

「危うく斬られそうになった旦那様は、返り討ちにされたんですが、何しろ誰も見ていない場所でのことですから、お目付の調べがしつこくありましてね」

「…………」

「ようやく旦那様の疑いも晴れ、先ほどお城からお戻りになりました。それからすぐにご新造様を迎えに行ってこいと申され、それには沢村様の舟を使えとのお指図でして……」

「なるほど……」

伝次郎はほっと安堵の吐息を漏らして、猪牙を大川に乗り入れた。

「ご新造様をご実家に帰されたりと、近ごろ旦那様の様子がおかしいので、心配をしていたんですが、まさかご同輩と揉め事があったとは知りもしないことでした。それにしても旦那様が無事でなによりでした」

行蔵はそんなことをしゃべりつづけていたが、伝次郎はほとんど聞いていなかった。大川を滑るように横切った舟は、まっすぐ亀島川に向かった。

一ノ橋のそばに舟をつけると、行蔵が飛ぶようにおようを迎えに走った。舟で待つ伝次郎は、これでよかったのだと、心の底から安堵し、心にしみ入るような夏の空をあおいだ。

待つほどもなく行蔵がおようを連れて戻って来た。おようは舟に乗り込むと、艫に立つ伝次郎に訝《いぶか》しげな顔を向け、

「もしや、沢村様……」

と、問うた。

「そうだ。およう、よかったな」

「はい」

おようは嬉しそうに微笑み、よろしくお願いいたしますと頭をさげた。

舟を大川に返すと、行蔵はさっき伝次郎に話したことと同じような話をした。耳を傾けるおようは、ときに驚きの表情をしたが、その顔には安堵の笑みが浮かんでいた。

神田川に入り、和泉橋が近づいた。伝次郎は柳の木陰に立つ久右衛門を見た。目が合うと、久右衛門が無言でうなずいた。

岸辺に舟をつけると、久右衛門がそばにやってきて、おように手を差しのべた。

「旦那様……」

「気をつけるのだ」

久右衛門はおようをやさしく舟からおろした。

「大変なことがあったのですね。行蔵から聞きましたよ」

「そなたには心配をかけた。封書はまだ開いておらぬだろうな」

「は……。何のことでしょう？」

久右衛門が行蔵を見ると、行蔵は首をすくめて、

「申しわけありません。あれはわたしておりませんで……」

と、ぺこぺこと頭をさげた。

「どんな封書でしょうか？」

「いや、何でもない。それよりやや子ができたそうだな」

久右衛門はおようの腹のあたりを見た。

「はい、そのようです」

おようはほんのりと微笑み、腹のあたりをさすった。

「わたしたちの子でございます」

「大事に育てねばな」

「はい」

おようにうなずいた久右衛門は、伝次郎に顔を向けた。

短い間があった。

伝次郎は何もいわなかった。何もいわずとも二人には相通ずる思いがあった。それはお互いの目を見ればわかることだった。

かすかに目を潤ませている久右衛門も多くを語ろうとせず、

「世話になった。またあらためて会おう」

と、一言いっただけだった。

伝次郎が黙ってうなずき返すと、久右衛門はおようの手を取り背を向けた。行蔵が嬉しそうな顔であとにしたがう。

伝次郎はその三人を見送って、菅笠を被りなおした。

「これは沢村ではないか」

声に顔をあげると、南町奉行所定町廻り同心の松田《まつだ》久蔵《きゅうぞう》が近づいてきた。伝次郎と元同役の男だった。

「見廻りですか……」

「そうだ。橋をわたりかけて気づいたのだ。元気そうだな」

「松田さんもお変わりないようで」

ひとしきり近況を話したあとで、松田が気になることを口にした。

「いったい誰かわからぬが、女がおまえのことを訊ね歩いているらしいのだ」

「女ですか……。名は？」

「いや、そこまではわかっておらぬ。昔世話をした女かもしれぬが……」

「はて、いったい誰でしょう」

伝次郎には見当がつかなかった。

「今度その女を見つけたらよく話を聞いておこう。まさか津久間戒蔵の使いではないだろうが……」

松田は否定的にいったが、伝次郎ははっとなった。

もしかすると、そうかもしれない。津久間が自分の行方をつかむために、女を使ってもおかしくはないはずだ。

「松田さん、その女は気になります。もし何かわかりましたら、知らせていただけますか」

「うむ、気をつけておこう」

松田はそう応じると、連れている小者といっしょに去っていった。

伝次郎は今度こそ舟を出した。目はずっと遠くを見つめていた。松田久蔵のいった言葉が心に引っかかっていた。自分を探す女は、津久間戒蔵の息がかかっているかもしれない。もし、そうであれば津久間は江戸にいるということだ。

伝次郎はきらりと目を光らせて、夕日の帯を走らせる神田川に棹を立てた。

猪牙は滑るように川を下っていった。

光文社文庫

文庫書下ろし／長編時代小説

妻《つま》恋《ごい》河《が》岸《し》　剣客船頭《けんきゃくせんどう》(四)

著者　稲《いな》葉《ば》　稔《みのる》

2012年5月20日　初版1刷発行
2025年3月5日　3刷発行

発行者　三宅貴久
印刷　大日本印刷
製本　大日本印刷

発行所　株式会社 光文社
〒112-8011　東京都文京区音羽1-16-6
電話 (03)5395-8149　編集部
8116　書籍販売部
8125　制作部

ISBN978-4-334-76413-5　Printed in Japan

組版　萩原印刷

岡本綺堂
半七捕物帳

新装版 全六巻

岡っ引上がりの半七老人が、若い新聞記者を相手に昔話。功名談の中に江戸の世相風俗を伝え、推理小説の先駆としても輝き続ける不朽の名作。シリーズ全68話に、番外長編の「白蝶怪」を加えた決定版!